张梅溪

林中小屋

人民文学出版社
PEOPLE'S LITERATURE PUBLISHING HOUSE

图书在版编目(CIP)数据

林中小屋/张梅溪著. —北京：人民文学出版社，2018
(我们小时候)
ISBN 978-7-02-014367-2

Ⅰ. ①林… Ⅱ. ①张… Ⅲ. ①散文集-中国-当代 Ⅳ. ①I267

中国版本图书馆 CIP 数据核字(2018)第 127332 号

丛书策划：陈 丰
责任编辑：甘 慧 李 殷
封面设计：汪佳诗
插 图：黄永玉 黄永厚

出版发行 人民文学出版社
社 址 北京市朝内大街 166 号
邮政编码 100705
网 址 http://www.rw-cn.com

印 制 山东德州新华印务有限责任公司
经 销 全国新华书店等

开 本 890 毫米×1240 毫米 1/32
印 张 9
字 数 110 千字
版 次 2018 年 9 月北京第 1 版
印 次 2018 年 9 月第 1 次印刷

书 号 978-7-02-014367-2
定 价 39.00 元

编者的话
大作家与小读者

“我们小时候……”长辈对孩子如是说。接下去，他们会说他们小时候没有什么，他们小时候不敢怎样，他们小时候还能看见什么，他们小时候梦想什么……翻开这套书，如同翻看一本本珍贵的童年老照片。老照片已经泛黄，或者折了角，每一张照片讲述一个故事，折射一个时代。

很少人会记得小时候读过的那些应景课文，但是课本里大作家的往事回忆却深藏在我们脑海的某一个角落里。朱自清父亲的背影、鲁迅童年的伙伴闰土、冰心的那盏小橘灯……这些形象因久远而模糊，但是永不磨灭。我们就此认识了一位位作家，走进他们的世界，学着从生活平淡的细节中捕捉永恒的瞬间，然后也许会步入文学的殿堂。

王安忆说：“历史是胜利者的历史，记忆也是，谁的记忆谁有发言权，谁让是我来记忆这一切呢？那些沙砾似的小孩子，他们的形状只得湮灭在大人物的阴影之下了。可他们还是摇曳着气流，在某种程度上，修改与描画着他人记忆的图景。”如果王安忆没有弄堂里的童年，忽视了“那些沙砾似的小孩子”，就可能没有《长恨歌》这部上海的记忆，我们的文学史上或许就少了一部上海史诗。儿时用心灵观察、体验到的一切可以受用一生。如苏童所言，“童年的记忆非常遥远却又非常清晰”。普鲁斯特小时候在姨妈家吃的玛德莱娜小甜点的味道打开了他记忆的闸门，由此产生了三千多页的长篇巨著《追寻逝去的时光》。苏童因为对儿时空气中飘浮的“那种樟脑丸的气味”和雨点落在青瓦上“清脆的铃铛般的敲击声”记忆犹新，因为对苏州百年老街上店铺柜台里外的各色人等怀有温情，他日后的“香椿树街”系列才有声有色。汤圆、蚕豆、当甘蔗啃的玉米秸……儿时可怜的零食留给毕飞宇的却是分享的滋味，江南草房子和大地的气息更一路伴随他的写作生涯。迟子建恋恋不忘儿时夏日晚饭时的袅袅蚊烟，“为那股亲切而熟悉的气息的远去而深深地怅惘着”，她的作品中常常飘浮着一缕缕怀旧的氤氲。

什么样的童年是美好的？生长于上世纪六十年代、七十年代动乱时期的中国父母们很难回答这个问题。他们中的大多数人没有团花似锦的童年。“在漫长的童年时光里，我不记得童话、糖果、游戏和来自大人的过分的溺爱，我记得的是清苦，记得一盏十五瓦的黯淡的灯泡照耀着我们的家，潮湿的未浇水泥的砖地，简陋的散发着霉味的家具……”苏童的童年印象很多人并不陌生。但是清贫和孤寂却不等于心灵贫乏和空虚，不等于没有情趣。儿童时代最温馨的记忆是玩过什么。那个时代玩具几乎是奢侈品，娱乐几乎被等同于奢靡。但是大自然却能给孩子们提供很多玩耍的场所和玩物。毕飞宇和小伙伴们不定期地举行“桑树会议”，每个屁孩在一棵桑树上找到自己的枝头坐下颤悠着，做出他们的“重大决策”。辫子姐姐的宝贝玩具是蚕宝宝的“大卧房”，半夜开灯看着盒子里“厚厚一层绒布上一些小小的生命在动，细细的，像一段段没有光泽的白棉线。我蹲在那里，看蚕宝宝吃桑叶。好几条蚕宝宝伸直了身体，对准一片叶子发动‘进攻’。叶子边有趣地一点点凹进去，弯成一道波浪形”。那份甜蜜赛过今天女孩子们抱着芭比娃娃过家家。

最热闹的大概要数画家黄永玉一家了，用他女儿黑妮的话说，“我们家好比一艘载着动物的诺亚方舟，由妈妈把舵。跟妈妈一起过日子的不光是爸爸和后来添的我们俩，还分期、分段捎带着小猫大白、荷兰猪土彼得、麻鸭无事忙、小鸡玛瑙、金花鼠米米、喜鹊喳喳、猫黄老闷儿、猴伊沃、猫菲菲、变色龙克莱玛、狗基诺和绿毛龟六绒”，这家人竟然还从森林里带回家一只小黑熊。这艘大船的掌舵人张梅溪女士让我们见识了上世纪五十年代的小兴安岭，带我们走进森林动物世界。

物质匮乏意味着等待、期盼。比如等着吃到一块点心，梦想得到一个玩具，盼着看一场电影。哀莫大于心死，祈望虽然难耐，却不会使人麻木。渴望中的孩子听觉、嗅觉、视觉和心灵会更敏感。“我的童年是在等待中度过的，我的少年也是在等待中度过的……一次又一次的失望让我拥有了无与伦比的忍受力。我的早熟一定与我的等待和失望有关。在等待的过程中，你内心的内容在疯狂地生长。每一天你都是空虚的，但每一天你都不空虚。”毕飞宇在这样的期待中成长，他一年四季观望着大地变幻着的色彩，贪婪地吸吮着大地的气息，倾听着“泥土在开裂，庄稼在抽穗，流水在浇灌”。没有他少年时在无垠的田野上的守望，就不会有他日后《玉米》《平原》等乡村题材的杰作。

而童年留给迟子建的则是大自然的调色板。她画出了月光下白桦林的静谧、北极光令人战栗的壮美，还有秋霜染过的山峦……她笔下那些背靠绚丽的五花山“弯腰弓背溜土豆”的孩子，让人想起米勒的《拾穗者》。莫奈的一池睡莲虚无缥缈，如诗如乐，凡·高的向日葵激情四射，如奔腾的火焰……可哪个画家又能画出迟子建笔下炊烟的灵性？“炊烟是房屋升起的云朵，是劈柴化成的幽魂。它们经过了火光的历练，又钻过了一段漆黑的烟道，一旦从烟囱中脱颖而出，就带着一种超凡脱俗的气质，宁静、纯洁、轻盈、缥缈。天空无云，它们就是空中的云朵；而有云的日子，它们就是云的长裙下飘逸的流苏。”

所以，毕飞宇说：“如果你的启蒙老师是大自然，你的一生都将幸运。”

作家们没有美化自己的童年，没有渲染贫困，更不是“为赋新词强说愁”，而是从童年记忆中汲取养分，把童年时的心灵感受诉诸笔端。

如今我们用数码相机、iPad、智能手机不假思索地拍下每一处风景、每一个瞬间、每一个表情、每一个角落、每一道佳肴，然后轻轻一点，很豪爽地把很多图像扔进垃圾档。我们的记忆在泛滥，在掉价。几十年后，小读者的孩子看我们的时代，不用瞪着一张张发黄的老照片发呆，遥想当年。他们有太多的色彩斑斓的影像资料，他们要做的是拨开扑朔迷离的光影，筛选记忆。可是，今天的小读者们更要靠父辈们的叙述了解他们的过去。其实，精湛的文本胜过图片，因为你可以知道照片背后的故事。

我们希望，少年读了这套书可以对父辈说："我知道，你们小时候……"我们希望，父母们翻看这套书则可以重温自己的童年，唤醒记忆深处残存的儿时梦想。

我们期待着更多的作家加入进来，为了小读者，激活你们童年的记忆。

童年印象，吉光片羽，隽永而清新。

陈　丰

序　言

——黄黑妮

本书作者，我的妈妈张梅溪，人生得漂亮，喜欢穿好看的衣服，对人热情仗义。她上有三位姐姐，因她之后来了弟弟，便深得宠爱，因而也妄为，竟离家出逃，跑去与全家反对的异族穷小子黄永玉结婚。大半个世纪以来，她洗衣做饭，骑着自行车招呼好几家亲友。特别是非常时期，她一直坚信爸爸是好人。没有她，爸爸也绝不会到这个分儿上。

上世纪五十年代的小兴安岭中，人与动物的关系多为“我不防卫，你就把我吃了”。妈妈根据爸爸和哥哥的经历写下了《绿色的回忆》，其中《好猎人》由叔叔黄永厚插图。《在森林中》和《绿色的回忆》是爸爸给插的图。

这本小书的再版又把我带回童年。

我们家好比一艘载着动物的诺亚方舟，由妈妈把舵。跟妈妈一起过日子的不光是爸爸和后来添的我们俩，还分期、分段捎带着小猫大白、荷兰猪土彼得、麻鸭无事忙、小鸡玛瑙、金花鼠米米、喜鹊喳喳、猫黄老闷儿、猴伊沃、猫菲菲、变色龙克莱玛、狗基诺和绿毛龟六绒(为节省空间，仅举其中百分之五的名字)……据说，院子里还曾经住过两只小梅花鹿，好心的邻居给它们俩喂窝头，可是它们反刍不了……我还听说有只小黑熊，都从林子里带出来了，爸爸突然有事返回林中，小熊便托付别人代养，结果没留下……

真是太遗憾了！

北京城里，我们那儿离天安门才三四公里的院子里一会儿养狼狗，一会儿饲火鸡，听起来好像很不应该，但其实好这口的不只是我们家。就拿我们儿时的伙伴谢羊他们家来说吧，他们还养山羊，不是一只而是一群！一有空，谢羊哥儿俩就牧着羊从东单路口出来，经长安街往城根去了。我上小学一年级，他已荣升四年级，和哥哥同班。谢羊的打扮与傍晚拾荒的差不离。不过千万别被外貌蒙蔽，他爸谢嘉升可是雕塑家，留苏的。他们在祖国的心脏北京城中心的小四合院里营造“市内桃源”，不仅养羊，还有洋味儿，孩子们摔打滚爬由着性子来，吃饭不用筷子而使刀叉，喝着自家产的羊奶，羡煞我们这帮门外看着的。

那天谢羊答应给条泥鳅，说话间便从自家园子鱼缸里砸出块里头有泥鳅的冰，寸把见方。我把冰块揣在棉猴的兜儿里，回家放进玻璃瓶一暖和，小泥鳅就顺势游出来了。

比起谢羊他们，我家实在算不得什么。妈妈掌握大方向，基本上未偏离主道。狗熊夭折小兴安岭之后，我家有一段日子就只养猫了。爸爸的朋友赵丰伯伯送了只猫过来，长毛，蓝眼，白色，名大白。困难时期，不干活的不能养。猫可不白吃粮食，当晚立功，逮了只耗子放在我们面前。

校尉营美术学院宿舍院子隔壁是解放军总后勤部，后勤部大门一直都敞着，两边站着解放军把守。食物最吃紧的那个冬天，卡车一辆接一辆地将冻着的整只黄羊啊、鱼啊、肉啊之类运进大门，就堆在大门口正中央往里十来米的地方，霍然一座珠穆朗玛……

我家大白吃得不多，像是在为家里节约。它晚上出去刷夜，回来倒头大睡。

一天中午，听到门外有猫在喵喵叫，妈妈一边说着“大白回来了”，一边赶紧打开门。大白等在门外，嘴里还叼着一条不短的冻带鱼。

妈妈做的红烧带鱼真香啊！

第二天大白要求出门，妈妈的激动尚未减弱，她跟大白轻声细语：“大白啊，你再去啊。”大白尾巴一摇，领旨离去。下午，门被嘭嘭敲响。外面站着一解放军，四个兜的，显然级别不高，急坏了的样子："都说白猫是你们家的。你们快跟着我去把那猫叫回来。"

我们跟着解放军一溜小跑着到了后勤部大门口，愣在那里：大白已攀上顶峰，端坐在那山峰上，几位解放军拿着笤帚、拖把之类的，转着圈赶。可山高圈儿大，就是够不着。

"大白——大白——大白，快回家！"我们怕它挨笤帚，不能唤它下来。

似乎是见我们忙活得费劲，大白往后退几步，然后起跑，噌地跳回我们校尉营宿舍的屋顶。

困难时期一过，爸爸又忍不住从天津警犬学院弄了头被淘汰的小狼狗咕噜。后来，我们才知道警犬学校都不要它的原因。它砸破小梅家的洗衣陶盆之后，就跳到何叔叔的小炕桌旁，在刚出锅的窝头上，每个咬一口……趁我们不在，它挣脱链子往外狂奔。八岁的小绿紧跟其后，追到东单才把咕噜擒住。小绿后来就被北京体育队选上了……

因为咕噜，“文革”时期的大字报上就有了“黄xx穿着拖鞋，牵着狼狗上课”。爸爸对此耿耿于怀，他很希望有一天能申辩：“我养过狼狗，穿过拖鞋，也上过课，但不是同一个时候干的。”

“文革”一到，什么都不让养，泥鳅被倒进下水沟，连猫毛也见不着了。那就学工农兵，备战备荒养鸡鸭。无事忙、黄黄和咕咕，它们三个一组，在院子里住着，还下蛋。可它们善叫，怎么教都不能在该安静的时候沉默。“十·一”国庆节前大检查，居委会加上积极分子们一配合，藏着养的鸡鸭立即受到法国大革命时期的国王待遇——砍头。

爸爸后来因画了只睁一只眼闭一只眼猫头鹰而遭批判，说他这是仇视“文化大革命”和社会主义。检查写来写去通不过，但还是得写。他在其中一篇里这么说：“虽然经过思想改造，我已认识到资产阶级思想必须彻底铲除，但有时仍然在心里作怪。比如明明不可以再养猫狗，‘文革’中还是忍不住偷偷养了只荷兰猪。”

荷兰猪名“土彼得”，是妈妈的广东老乡 1971 年送的。土彼得之名，来自《彼得和狼》。妈妈爸爸背地里一定商量着对付我们兄妹的方案。他们买了张 78 转的唱片《彼得和狼》，德国版。我们星期天吃完早饭，而他们又没忘记的话，大家就坐下听唱机了：一会儿音乐，一会儿德语，字字铿锵，跟锄地差不多。妈妈爸爸也不像是很懂的样子，但他们知道正在发生的情节，告诉我们鸭子被狼吞进肚子了……鸭子是彼得的。

土彼得闷头吃菜，从不出声，呼之则来，挥之则不去，非得等着让人挠两下后耳朵才甘心。妈妈有时嘴误，叫它“土八路”。

九十年代初的变色龙克莱玛，趴在画画的墙壁上，时绿时灰，眼睛咕噜咕噜转着，还吐舌头，连我都需要调整好情绪才不致起鸡皮疙瘩……妈妈的无奈可想而知。

其实，妈妈要是没和爸爸一起，自己是一定不会养什么动物的。她天生不是那类人。但过着过着就过到一块儿了，还有雅兴将动物们的故事一一道来。妈妈写故事，爸爸开夜车刻木刻印插图。“文革”前一切相对稳定，写书还有稿费。《绿色的回忆》出版后，妈妈回了趟广州老家看外婆，后来还用余钱在东单的委托商店“三羊”买了张铁架弹簧床。我们放学回家，他们两口子已经眯着眼躺在那上面，并招呼我们也上去一试：“轻轻的，不然弹簧会坏。”哥哥和我慢动作爬上去，跟他们一起挤着平躺在新床上。哥哥与我对视怪笑，不谋而合。待父母外出，即招小绿过来，三人在床上一通乱蹦之后，再举起枕头……

爸爸以前常说，妈妈是我们家学历最高的，师从文学系欧阳山，有华南文艺学院的毕业证书。可惜《绿色的回忆》出版不久，政治运动便一茬接一茬，全国人民都不同程度地人仰马翻了，哪里还能写书。

六十多年之后的突变令人费解，妈妈手中的笔仍是不停，但只专注于画，一画便是数百张，还在北京画院开了画展。而爸爸似乎是受妈妈传染，时不时地撂下画笔，趴在书桌上写起来。说不定有一天爸爸出书，妈妈也为他画个插图什么的？世界上真是没有不可能的事。

《绿色的回忆》的读者大多已荣升爷爷奶奶级。比如翻译家周克希先生。他竟然还珍藏着儿时阅读的《绿色的回忆》。后来，他将这本纸页已经发黄的小书送给了妈妈，并积极促成这本小书的再版。小书再生，爸爸欣然同意增添插图。被重新发掘的《绿色的回忆》穿上了新衣，也起了个新名字《林中小屋》。

目 录

绿色的回忆

先说几句话

放暑假了。爸爸的休假期也快满了，过几天要回森林去，他答应带我一起去哩！

呵！森林，那是我向往已久的地方。我爸爸是个林业工作者，他平日信中给我们写的，休假回家给我们讲的，都是称赞森林的话。我早就想跟他到森林去，可他总说："等你长大了再去！"这回，他不这么说了，他已经跟妈妈商量好，要带我去看看森林，将来也做个林业工作者。

妈妈是高兴我去的，她给我买了个小背囊，买了双

回力球鞋。到森林去可不是普通的旅行，提个皮箱，穿着皮鞋是不行的。

奶奶和姐姐也来帮我收拾行李。奶奶要我带两件白衬衣、两件蓝布衬衣、两件长袖子的、两件短袖子的。裤子呢，也是长的两条，短的两条，还要把大枕头、毯子、毛巾被全都塞进小背囊里去。爸爸说：“孩子又不是到森林落户，用不着带这么些。”奶奶只好把多余的东西拿走，可是一边还嘀咕着：“什么地方不去，偏喜欢森林，爸爸去了不算，还要把儿子拉去，大小两个疯子……”爸爸坐在藤椅上，手里捏个烟斗，笑眯眯地抽烟，好像没听见奶奶的话。姐姐却说：“奶奶！您又来了！孩子跟爸爸到森林去，是件好事呀！瞧他叫不叫苦，瞧他是不是真的愿干林业这一行！”

奶奶嘴巴还像念佛那样，我正想顶她几句，妈妈眨眨眼，把我止住了。唉！奶奶就是奶奶，她七十多岁了，是那样的慈祥，她爱我们，可是不了解我们。我已不是小孩子了，下学期就是六年级的学生了，我有自己的看法、自己的打算，是不是呢？反正，我的主意拿稳了，再也不改变了。我就是这个脾气，怎么着？

我还不是个林业工作者，我长大了才是。我仅仅想把这次旅行见到或听到的一些事情记下来，给大家看看，让大家评一评，我要做个林业工作者是不是有理。

小朋友们！谁长大了也要做林业工作者的？请举手！

森林之路

火车向北开，经过沈阳、哈尔滨等几个美丽的城市，到了第三天，讲东北话的工人叔叔多起来了。他们身体真棒，胸脯宽，胳膊粗，背个大背包，不要旁人帮忙，毫不在乎地就可以把它搁到行李架上去。我看他们的背包，多数用带毛的兽皮裹着，也不知道是什么兽皮，有黑毛的，有黄毛的。

工人叔叔们爱说爱笑，说的差不多都是森林的事，有的我听得懂，有的听不懂。许多地名，听起来特别亲切、熟悉，像松花江喽，呼兰河喽，黑河喽！我唱过它们的歌，读过描写它们的书。

火车一直往北开，说是快到森林了，可是，也没见到什么大树林子。

我想象的大树林子，长着阴森可怕的大树和各种奇怪毒草，吃人的野兽吼叫着，晚上，野兽发亮的眼睛像磷火似的闪着蓝光。

火车走到尽头，是伊春，伊春是个森林城市。森林城市，究竟是什么样子的呢？

火车到了伊春，从车窗望出去，原来也不是什么森林。山上有树，也不是什么了不起的大树。车站却很大，很漂亮。还有马车咧！就像在画报上看到过的那种马车。

我们坐马车到森林工业局的招待所去。马车穿过一座桥，经过了一排排红色的楼房，老远看见了大街，马车忽然拐了弯，绕过足球场，驾车的伯伯指着前面几座大房子对我们说：“到了！”车子便慢慢停住了。

爸爸领我走进一座楼房，服务员叔叔给我们安排了一个房间。把行李放好之后，爸爸就带我去吃饭。我们走到大街上，街上有百货公司、新华书店、人民银行、电影院、邮电局。我们走进食堂，一位服务员同志走来招呼我们，并指着我问爸爸："这是你的小子呀？"又对我说："你到森林来，怕不怕老虎呀？一只大老虎，昨天打来的，架在土产公司门口哩！"

我高兴极了，问他是不是真的。

"谁说不是真的？"他摊开手比着说，"有这么两个长！"

我急着要去看大老虎，连饭也吃不下，爸爸马上看出来了，他要我吃个饱，别上了火车又叫饿。我把剩下的半个馒头塞进嘴里，就去看大老虎。土产公司门口人真多，我松开爸爸的手往人堆里钻。嗬！好家伙！我从来没有看到过这么大的老虎，那样子多凶呀！我伸手想摸摸它，忽听有人叫："小孩别动！"有一个红脸老头对人家说："这不是虎，这叫'哼'！"明明是虎，我想。于是，我就大声地说："是虎！"

老头凶狠狠地说："小孩懂什么！"

我不敢再说了，我想这一定是虎，书上说虎有亚种和变种，"哼"可能是老头儿对某种虎的特别的叫法。我不敢跟老头辩论，刚才叫“小孩别动”的就是他，他的脾气一定不大好。老虎又不是他打的，他也是来看热闹的，干吗这么凶呀？

我找爸爸，爸爸正跟一个人说话，那人指手画脚地说：“这只老虎就是那个红脸小老头打的，死在他手里的老虎恐怕有一二十只了！”

咦！看不出呵！小老头挺厉害的！

还有啦！有个比我还小的孩子，用一根草绳子牵着一只小狗熊，满不在乎地在街上走！这真是个可爱的地方，可惜不能多玩，又要上火车了。

从伊春再坐火车，沿着一条名叫“汤旺河”的河往前走，河岸上有很多花，我想数一数有多少种，火车走得很快，怎么也数不清楚，不过起码也有十多二十种，红的、黄的、白的、紫的、黄里面带着红的、红里面夹着蓝的，深深浅浅，各种颜色的都有。我最喜欢淡紫色的小铃兰，还有倒心形叶子的酢（zuò）浆草，那黄黄的小花，如晴朗的天空上无数的星星，开得多灿烂呵！各种花儿沿河生长，河岸成了天然的花圃。

火车好像开到森林了，我看到树林子了，树木真多，密密层层的。我问爸爸，爸爸说这不过是杂木林，林子里什么树都有，参参差差，不整不齐。好的森林几十里一片都是笔直的大树，一色的木材……我往这边看看，那边看看，希望找到爸爸说的那种森林——这时，火车到站了。

“怎么？到森林了？”爸爸叫我别噜苏，赶快下车，火车马上要继续往北开。下了车，又换车，走过一条好长好长的火车路，路两旁尽是一段段的木头，火车来来回回地装运，还有起重机帮忙，装运得相当快。可是木头成堆成堆地放着，也不知道什么时候才装运得完呢！爸爸说：“这是储木场，森林里采伐下来的木头都运到这里来，锯成需要的各种尺寸，然后运到全国各地去。等一会儿你就可以看到运木头的森林小火车了！”爸爸刚说完，就听见呜的一声响，把我吓了一大跳。

“哪！小火车快到了！等一会儿我们便搭它上森林去。”

到了火车站，我们正在找站长办手续，小火车来了。

它拉了好长好长的一列车，上面装的尽是一棵棵的大树。

小火车真逗，它的烟筒好大，可是车身只有压路机那么高，全身很不相称，好像一个孩子穿戴了他爸爸的衣帽似的，样子很顽皮。它除了两节可以坐人的小车厢以外，拉的全是装运大树的铁架子，长长的，像条大蜈蚣。

小火车的大烟筒直冒黑烟，发出轰隆轰隆的响声，从一个小树林里开出来啦！

小火车穿过草原啦！现在小火车已经在高高的树林

子底下穿行了。唔！这恐怕是森林了吧？林子越进越深，我仿佛觉得自己和小火车渐渐缩小了，周围浓密的树林，越来越高，小火车轰隆轰隆的声音显得特别清晰，除了这种单调的响声外，四周是那么安静，安静得使人感到寂寞了。

小火车朝山沟跑，在树林里面钻来钻去，我真的看到大树了，有的被锯断了树身，只留下一个个树墩了，又有许多挂着“严防山火”的牌子。我问爸爸：“森林会失火吗？森林失火怎么办呢？有没有自来水，有没有救火车。”

工人伯伯叔叔们听了我的话都笑起来，有一位老伯伯用他的大手掌拍拍我的肩膀说：“小家伙！森林怎么不会失火呀？解放前，森林失火是常事，一失火哟！烧起来就几十里，大片大片的红松、白皮松……好木材呀！就那么任它烧，就那么糟蹋掉，提起来真叫人心痛！”他把手一甩，重重地叹了一口气，过了一会儿，才继续说：“现在，不同了！我们人民政府保护森林工作做得好，森林警察，护林队工人，采伐队工人，大家注意防火，大家保护森林，火就烧不起来了；即使万一发生火灾，大家都来扑救，不让国家财产遭受损失……小家伙！你到咱们森林来，可得注意，别玩火！口袋里不许带火柴，这是咱们林区的规矩！”

当然，我得注意！

我们远远地看见冒白烟的屋顶了，不多久，小火车到站了。我们下了车，向一座小山坡走去。

“你觉得我们这里怎么样？”走到坡顶的时候爸爸问我。

我向四周围看看，苍绿的树林从我们脚下一直铺到天边，就像大海一样辽阔。我说：“多好的大森林呀！我从来没有见过！”

初进林子

一大早，给什么声音吵醒了，我问爸爸是不是飞机来了，爸爸说是工人叔叔在发动拖拉机。吃完饭，爸爸和我一起去找一位叔叔，那叔叔拿了一把锉子，正在锉大锯。锯子可大呢，我从来没见过，锯齿又尖又长，像狼狗的牙齿，一定挺厉害的。爸爸说："小赵！今天我的小孩跟你上山好不好?"姓赵的叔叔挺爽快地答应着："好！好！"然后，他又问我叫什么名字，叫我先回宿舍，等他把大锯锉好后就来叫我。

我想到林子里面瞧瞧。屋后有条路，沿着这条路走去，听见拖拉机还在突突地响着。拖拉机！我是看到过的，在北京郊区好多公社都用拖拉机耕地，可是森林的拖拉机是什么样子的呢？有什么用呢？我一边想，一边朝拖拉机跑过去。

呵！森林的拖拉机跟普通耕地的拖拉机果然不同，乍一看，像坦克车哩！最奇怪的是，这里的拖拉机不烧汽油，只在拖拉机的大铁桶里装满小木柴，一个人在摇鼓风器，他说等小木柴燃烧起来，拖拉机就能开动了。木柴在森林里有的是，我觉得这真是个好办法。

这时候，听见爸爸喊我了，我只好离开这里，也来不及问拖拉机干吗用了。原来小赵叔叔在等我一起上林子去，爸爸叫我要听小赵叔叔的话，不可乱跑，要遵守森林的规则。小赵叔叔扛了一把大斧头和那把锉得光闪闪的大锯。他叫我在前头走，我想，我又不认得路，就说："你走在前头吧！"他说："要是我走在前头，你就追不上了，还是你走前头吧！"

我们走进一座林子。呵！真好看，所有的树的树身都是白色的，几乎都有一二十米高，排列得整整齐齐，树的枝丫很多，叶子又阔又密，像一个个雄壮的卫兵，严肃而神气！我真喜欢它们，我轻轻地摸摸树皮，它好像用白油漆刷过似的，滑极了！嫩极了！小赵叔叔说：“这是桦树，有的桦树林子有一百里长，你见过吗？”我说：“我连一棵桦树也没见过，这多好看呀！”小赵叔叔说：“好看是好看，用处可比不上红松大。”

我们走啊走啊，经过一个草原。这种草原一点儿也不平整，是一个个一二尺高的草堆连接起来的。所以走

的时候，要从它上面一个个地跳过去。稍为平坦的地方，软软的，像底下垫了弹簧，踩着很舒服。

小赵叔叔像一个专家，告诉我许多在书本里面没有读过的东西。他说这些草地都是古时候留下来的，春天吐青，秋天枯黄，它腐烂了就给自己做肥料，几千几百年后，底下越积越深，有的地方变得像个长头发的巨人头，大家把它叫作“草塔头”。有的地方，过去是小水洼，这种水碱性大，只长很少的草，年代久了，表面结成厚厚的一层，底下却依然是稀泥浆，踩起来就像底下垫了弹簧一样，这就是我们常说的“草甸（diàn）子”。

我把小本子拿出来，把小赵叔叔说的都记下。小赵叔叔笑我：“你见一样，记一样，你有多少小本子，怎么记得下这么多呀！”

我们越走越深，树也越多了，有各种各样的树木，我知道，这是杂木林。

穿过树林，浓密的枝叶挡住了强烈的阳光，因而我并不感到热，有时候还感到怪阴凉的。可是走得时间长了，就热起来了，汗水流在眼睛里，弄得眼睛也睁不开，老得用手绢擦。小赵叔叔说：“走不动了吧？这下轮到我走在前头了，我们要过河哩！”他故意放慢脚步，常常回过头来看看我，好像怕我丢了似的。

绕过一座石头小山，果然有一道小河横在面前。这道河不深也不宽，两岸长满了野花，只有一根放倒的大木头横在上面。

小赵叔叔叫我别动，他先从大木头上一步一步走过去，走到河中间的时候，他摆着“八”字脚对我说：“要这样走，两只手张开，就不会掉到河里去。”我学着走，可心里还是有点害怕。没想到，小赵叔叔又飞快地走回来，一把拉住了我的手。有他拉着，我便很容易地过了桥。他说，回来的时候，就要我自己走了。我说：“行！”

再走不多远，小赵叔叔指着前面一座林子说：“到了！你瞧，这些树大不大？这就是红松，过几天这里就要修大桥，采伐队要上这儿来了！”

走进红松林子，我才真觉得红松是多么大的树呵！它们简直是森林中的巨人，我站在它底下，想抬起头来看看树有多高，脖子都仰酸了，还估计不准哩，大约总有二三十米吧！树身粗得更厉害，两三个人也抱不拢它。

我们在苍翠的红松林下休息，喝完水，我跟着小赵叔叔开始检查树。他用斧子把一些小杂木枝劈倒，开出一条小路来，然后拿一根红蜡笔在每棵大树上写字，又用斧头背在树上敲几下，听一听。他回过头来问我知不知道这是什么意思，我说不知道。他说："我是大夫，用斧子给大树检查身体。"

咚！咚！咚！敲起来有声音，就是大树里头长虫了。声音不怎么响的，才是好树。他在本子上记了又记，敲敲记记，记记敲敲，又仔细，又认真，活像个大夫的模样。

我们走了很远，又回到原来的地方，小赵叔叔告诉我，这就是他们队将来的采伐区，早就确定好的。

我们又坐下来休息。这时候，仿佛听见老远的地方也有人用斧头敲树，我叫小赵叔叔听，他说："这不是人，是一种红头的啄木鸟，它啄起树来，就像打大鼓似的咚咚响。也有一种小啄木鸟，啄起树来像敲木鱼似的，笃笃笃！"

午后一点多钟，我们才回去。往回走好像近得多，过小桥也不像来时那么紧张了。

回来的路上，我又看见一件有趣的事情。一棵大树横在路上，用脚一踩，就踩烂了，像踩松软的雪花一样。小赵叔叔告诉我，那是几百年前倒下的大树，树中间的树脂和胶质已经风化，外表看起来还像棵大树，其实里面尽是些木头粉粉。

到了宿舍，爸爸还没回来。我觉得两腿发酸，全身软软的，小赵叔叔有事走了，他叫我躺着休息休息，他好像知道我累了呢！

我睡了一会儿，发现皮肤有点痛，有点痒，用手摸摸，一颗一颗的小疙瘩，脖子上三颗，背上三颗，肚子上四颗，胳肢窝里一边两颗，一边一颗……哎呀！我不敢摸下去了，赶快爬起来解开衣服看看，一种酱色的小豆豆似的虫钻到我皮肤里去了！

我很怕，不知道怎么办。

这种虫子长得和臭虫差不多，不同的是，臭虫是扁的，它是圆的。

宿舍里只有我一个人，我又不知道医疗所在哪里。唉！我急得眼泪都要流出来了。但是，我是少先队员，明年就是中学生了，碰到困难就哭，给人看见不笑话吗？爸爸早说过，我到森林来，是来锻炼意志的，首先就得不哭！

我仔细地瞧着肚皮上的小虫，它的尖尖的尾部还动哩！想必是在使劲吸我的血吧？皮肤像发烧似的又痛又痒。我，我——我急了，就轻轻地捏住肚脐眼下边的那只小虫，使劲地一拔，只见一股发黑的血——我的血，从它的小小的圆肚子里挤了出来。

拔出来的这只小虫，像一个泄了气的小气球，变成一个扁皮囊。我的手有些发抖了！怎么办呢！还有那么十几只小虫在我的身上。

呵！小赵叔叔回来了。

我连忙叫他："小赵叔叔！你瞧！你瞧！"

小赵叔叔一见我这个样子，便笑起来，毫不在乎地说："这是草爬子，别拔它，要不然，它的脑袋就会变成小黑块，永远留在你的皮肤里了，下雨阴天这个地方就会发痒，你瞧！”他指着我刚才拔过草爬子的地方给我看，我仔细一瞧，果然还有个小黑点。

“那……那怎么办？”我问。

“让我来，别急！”于是，小赵叔叔点着了一支香烟，抽了两口，吹掉烟灰，对着我脖子上的那只草爬子烫了一下，然后猛地用手一拔，果然，草爬子连头带身子就给拔出来了。

“烧了它的身子，它就痛起来，这时候，它的脑袋就没有劲了，一拔就可以拔出来。”小赵叔叔说完了这些话，就划了根洋火，把拔出来那只草爬子烧死。然后，他拿来一小瓶碘酒，抹一点在我的伤口上。

大约过了半个钟头，钻进我皮肤里的十几只坏蛋才被小赵叔叔消灭掉。

小赵叔叔告诉我，这种草爬子，学名叫壁虱（shī），栖息在森林及草丛中，吮吸动物血液，有时还会传染脑膜炎细菌。脑膜炎！这可不是闹着玩的，我觉得浑身都起了鸡皮疙（gē）瘩（da）。后来他又说，幸好到现在为止，小兴安岭一带，还没有发现草爬子传播脑膜炎细菌的事，叫我放心。我仍然有些害怕。我想，在森林中劳动的工人伯伯叔叔，长年累月要和草爬子战斗，仅仅这一点，不就很够瞧的吗？

我把我想的告诉小赵叔叔，他说："你来！我再找个东西给你看看。"

我跟他走出了宿舍，来到堆着许多老树墩的地方。太阳很好，地上的草长得很绿很柔软，风从远处轻轻地吹过来，夹着一阵阵蜜糖似的香味，在暖和的阳光底下，闻起来又有点酒味，香喷喷的酒味。

我说："小赵叔叔！谁家在煮蜜糖，你闻到了吗？"

小赵叔叔说："是野蜜蜂家在煮蜜糖，顺风的话，谁都能闻到这种香味。你要是找到它，说不定能弄到几十斤到一两百斤的蜂蜜，可是，有时候一辈子也弄不到。你知道，风是复杂的，拐来拐去。

"有时候呢？在林子里，一下子，你碰上它了。你孤孤单单的，只有一把斧子，身上只有几件衣服，你怎么装得走那么多的蜂蜜呢？有一次……嗬！来了……"

"什么来了？"我问他。

只见小赵叔叔用帽子捕住一只蜜蜂似的飞虫。

他提着那只飞虫的翅膀说："你以为它是野蜜蜂吗？不！它一点也不会做蜜，它是一种和草爬子一样的有害人类、专门吃血的害虫，叫作牛虻（méng）。"

"嗬！它就是牛虻，这么大，给它咬一口会是什么味道呢？"

小赵叔叔笑起来："咳！味道是不大好，可以说，坏得很！像火烧似的，又痛，又痒，又辣，而且，给它喝过血的地方，就有一个等边三角形的伤口。

"还有，"小赵叔叔说，"森林里的害虫，还不止这些呢！光是蚊子，就有七八种。一种最可怕的，叫作小咬。它小得连蚊帐也钻得进，一来就成千上万，又奸诈，又顽固。它缠住你，咬你，你喝稀饭，它们就成群地掉到你碗里来。对刚到森林的人来说，那简直是精神上的折磨，比老虎还可怕。

"这些小虫，都有自己的上班时间。早晚是小咬，黄昏是蚊子，中午是牛虻。我们开玩笑，叫它们'三八制'……"

“你们怎么受得了呢？”我问。

“森林里，意志不坚强的人是来不了的。这些小虫是锻炼你意志的第一课。想想看，在我们心中，什么是最重要的呢？是为党和人民采伐宝贵的木材，开发森林财富重要呢？还是给小虫吓得跑回家重要呢？

“到了你根本不畏惧它们的时候，它们也不到你身上来了，即使有时候来了一两只，你很快就会把它们清除掉的。可以说，它们还有点欺侮陌生人的习惯呢！你瞧！”小赵叔叔脱下他的衬衣，露出他那结实的臂膀，“这哪儿有它们留下的痕迹呢？怪吗？

“自然，还有一点很重要，我们有很好的医疗设备。我们讲卫生，天天洗澡，常常换衣服。进森林之前擦点防虫油，小虫闻到气味就不咬你，慢慢就根本不来了。回宿舍的时候脱下衣服检查检查，看看有没有小虫，就是这样！”

小赵叔叔的身体多好！太阳照着他浅褐色的油亮亮的皮肤，他简直像个运动健将哩！

董爷爷和他的一家

吃晚饭的时候，敲过了钟——不是钟，是一根锯成二尺长的轻便钢轨。还有不少人在外头。在外头看什么热闹？我放下碗筷跑出去，从人丛中往里挤，小赵叔叔也在场，见到我连忙说：“孩子！快来，给你一个玩意儿！”话没说完，他就把一个东西往我手心里塞。

呵！是只还没长毛的鸟儿，软软的，热烘烘的，一团红红的肉。

没等我拿稳，忽然有双大手将鸟儿一把抢走了。

在我面前，站着个愤怒的老头儿。这老头儿看来有六十来岁，长了点小胡子，样子倒挺好玩的，脾气那么大，真了不得！

“这怎么底（的）？云（人）家好不容易逮来，就朝他手里送？抓（咋）搞的？”他眼睛瞪住我，骂的是小赵叔叔。

真不好意思！我心里想，这个时候对他说声“对不起”也是没有用的，我就跑回食堂去。爸爸到原始森林去了，我是跟小赵叔叔一道吃饭的。

小赵叔叔说：“这乖张老头儿姓董，是个老顽童，人挺好的，是这儿的老工人，我们叫他‘森林字典’，那么大的兴安岭，他像自己的手指头一样熟悉。你别怪他，他舍不得刚逮来的东西，有时候，他还哭咧！别奇怪，人挺好的，慢慢你就知道了！”

我吃了一惊，问小赵叔叔：“他就是董天寿爷爷吧？我爸爸跟他挺好的，还叫我向他学习森林的知识——他不是住在仓库那边吗？怎么来这里了呢？”

“怎么来的？飞来的！”突然，一个声音回答我。我回头一看，原来正是董爷爷。“我还以为是哪家的坏小子呢！谁知道你就是孩子！你爸爸叫陈然是不是？不信你去问问，我们是老朋友。哪！拿去！”他把刚才从我手中夺去的小鸟硬塞回给我，并且还说：“这是松鸦仔，长大了挺好玩……我在仓库工作。仓库！你懂不懂？组织上派我当管理员了！你上我那儿来！来！听见没有？小赵鬼眼儿！（他叫小赵叔叔这怪名字）你把他捎来！来呵！我给你看好东西，给你做个笼子装松鸦，你来呵！”说完，董爷爷头也不回地走了。

我们吃过饭，就真的上他那儿去了。仓库很大，孤零零地建在宿舍后面的山坡下。我不明白仓库为什么要盖在那边！

“你知道吗？为什么仓库要盖在远一点的地方？”小赵叔叔问我。

我吓了一跳。我心里想什么，他就问什么。我说：“不知道呀。”

“很简单，为了安全。远一点，万一宿舍和车间失了火，烧不着仓库。车间和宿舍失火的机会和仓库比起来总要多一些的，是不是？到了！”

小赵叔叔敲门不用手，用脚，用他那穿着大厚鹿皮鞋的脚踢门。原来，门是用大树做的，手是敲不响的。

他使劲踢了好一会儿，里头的人咳嗽了，董爷爷笑眯眯地开了门。他腰边挂着一大串钥匙，有一二十把，钥匙互相碰撞，发出叮叮当当的响声。

原来，在仓库里头还有一间小屋子，屋里有炕，上面铺了一层又厚又软的兽皮。墙上也挂着很多兽皮，还

有手指头粗细的钢丝绳和奇怪的大铁夹子，还有些装着水的瓶子罐子，里头泡着树根。

董爷爷让我和小赵叔叔上炕坐。他从炕背后掏出个热水壶，又取出两个杯子，倒了一些热气腾腾的水给我们喝：“喝喝看，水葫芦熬的，又甜又鲜，喝了变神仙！”

小赵叔叔高兴地说：“嗬！老头儿今晚多大方，宝贝也拿出来请客了。”

真甜！董爷爷见我喜欢喝，又倒满一杯给我：“这东西喝了有益。医务室的林大夫说水葫芦里头有养分，叫……叫什么‘喂他们’，我相信！神仙不会变，有‘喂他们’是真的。”

小赵叔叔和我都笑起来。小赵叔叔一边笑一边在口袋里掏香烟，正要点火的时候，董爷爷忽然大声吼叫：“怎么搞的？这是仓库你忘了。严！禁！烟！火！你忘了？我问你，你有组织纪律性没有？你学习过没有？哼！哼！”董爷爷一下子就变了脸，像个要吃人的老虎。

小赵叔叔什么也不怕，笑嘻嘻地把香烟放回口袋，对董爷爷说：“别火！别火！你一客气，敬我的茶，让我上炕一坐，我舒服劲头一来，烟瘾就上来了！好好好！别火，别火，不抽不就得了吗？”

董爷爷搔了搔头，抖抖身子，果真不气了。他收拾了一下东西，从抽屉里取出钢笔和笔记本，放进口袋里，说：“走！上我屋子里去！”我心里想，这不就是他的屋子吗？

董爷爷吹熄了灯，拿起手电筒在前面引路，还关照我们：“瞧着瞧着！别碰着柱子。”

出了仓库，他转身将大门锁上，还用手电照来照去，用手试了又试，然后转身对我们说：“上我住的屋子里去。”

董爷爷走在前面，小赵叔叔轻轻附着我耳朵说：“你瞧这老头脾气多倔！”

离仓库大约四五十步的洼地里有间小屋，这屋盖得特别，好像只有屋顶似的，矮极了。小赵叔叔说，这是董爷爷自己想出来的样子。

这小屋也有门有锁。开了锁，一个什么东西向董爷爷扑过来，董爷爷骂了一句什么，那东西就直打转。

董爷爷叫我们别动。我等他把灯点亮之后一看，啊呀！这是间多么奇特的屋子呵！我从来也没有见过这样的屋子，真逗！这时，董爷爷对小赵叔叔说："小赵机灵（又是一个新名字）！这下抽你的烟吧！咱们弄点什么吃吃！"

小赵叔叔抽着烟，董爷爷生炉子，弄水。我把松鸦放在一个纸盒子里，就开始来观察他的屋子。这屋子很小。屋里有个小泥炉子，粗粗的烟囱通到窗子外头去。墙壁四周钉着豹子、老虎等动物的好看的兽皮，地上铺着熊皮。凳子是树杈子做的。桌子呢？也是树杈子做的。一根根细绳子像电线似的在屋里挂着，上面穿着大大小小的蘑菇和别的叫不出名字的怪东西。

炕头上有一个小木柜子，上面雕了一些花，涂了鲜红的颜色，里头有嘀嗒嘀嗒的声音。炕脚下有两双带毛的皮靴，又神气，又古怪。窗子边挂着六把长长短短形状不同的带鞘（qiào）的刀。炕的另一头的墙上，挂着两个玻璃框框。你说奇怪不奇怪？里面不只有爸爸的相片，还有我的相片。

董爷爷泡了茶，取出三个茶杯，端了一张小方桌到炕上，就和我们一边喝茶，一边聊天。

原来，他早就知道我了，是听爸爸说的。这次爸爸忽然接到任务上原始森林，他还不知道，不知道我来了。要不然，他会接我上这儿住的。

“你住在哪儿呀？”他问。

“在我那儿。”小赵叔叔说。

“把被窝搬到我这儿来吧！你瞧，这儿多宽敞！”接着，他又说：“小赵伢子，麻烦你走一趟，把孩子的被窝拿过来！”

“算了吧！明天再说！”小赵叔叔说。

“咄！小赵鬼崽（zǎi）子，你别懒，我说你别懒，这点活儿你都不干，我老董有气了！”

小赵叔叔笑着问我怎么样，我自然愿意跟董爷爷住在一道喽！这多有意思呵！

我就说：“小赵叔叔！我们一道去搬吧！”

董爷爷连忙说：“嗬！小赵小子搬得了，他大树也扛得起两根，棉被还拿不来？让他去！孩子！”

小赵叔叔真的就去了，我可有些不好意思。

董爷爷告诉我，小赵叔叔是这儿的先进工人，挺好样儿的，人又和气，和他“交情顶厚”。董爷爷又说了一些什么，被子送来了。小赵叔叔要去开会，一口把茶喝完就走。董爷爷帮我铺床。炕上原来铺着兽皮，董爷爷说，兽皮防潮，有了它，不怕得关节炎。快要睡着的时候，董爷爷忽然悄悄问我：“孩子！你晚上尿不尿炕？兽皮可不能碰盐水的。”

我怎么回答才好呢？我已经十一岁了，要是别人这样问我，我可要生气了。

我说：“我不会尿炕的，董爷爷！”

过了一会儿，我听见董爷爷轻微的呼噜声，他睡得真香。我一直睡不着，森林太美了，多好的地方，多好的人，我一直睡不着……窗外，虫在叫着……

我睡得正香的时候，忽然觉得脸上痒丝丝的，像是妈妈用手轻轻地在抚摸我。我睁开眼一看，哎哟！一只像鹿一样的动物站在我身边，它正伸出红红的舌头在舐我的脸，它想咬我吧？

“哎哟！董爷爷！你快来呀！”

董爷爷干吗睡得这么死呢？喊了半天他都不答应。我蒙在被窝里面出了一身大汗，快透不过气了，董爷爷再不来，真要闷死我了。我又使劲喊：“董爷爷！你快来呀！野兽跑进屋里来了！”

“什么事？什么事？孩子！”董爷爷原来不在屋里，他从外面跑进来，掀开我的被子。我看了一下，哎哟！那个家伙还没走呢！我说：“就是它，它想咬我，刚才伸出舌头舐我这里……”

“哈哈！哈哈哈哈哈……”董爷爷只顾笑，也不把那个家伙赶跑，还轻轻地拍它的身体，说：“小三！小三！你把孩子吓坏了！”

我说：“董爷爷！它是什么东西呀？”

“它叫小三，是我喂的小狍（páo）子。小三很乖，不咬人，你别害怕，起来跟小三玩吧！”

我爬起来，穿好衣服，叠好被。小三直瞧我，它的眼睛又黑又亮，毛是土黄色的，样子跟鹿差不多。董爷爷叫我摸摸它的背，我轻轻地摸了一下，它真的不生气，也不咬我。董爷爷又叫我摸摸它的鼻子，我又摸了一下。嗯！它的身体很暖和，鼻子却是冰凉冰凉的。董爷爷再叫我把手掌伸开，让它舐我的手心，它果然一下一下轻轻地舐，舐得我痒痒的。董爷爷说它喜欢人家跟它玩，喜欢人家爱抚它。

我问董爷爷把小三关在哪儿，董爷爷说小三乖，不用人管，自己会跑来跑去，有时候在树林子玩，有时候又回家来。昨天，它准是在树林子过夜的。

董爷爷叫我跟小三玩，他上菜园子浇肥，很快便回来。我说我也去。

我们在屋后的尿缸里淘出小半桶尿，又到小河边舀了大半桶水，我们要把这满满一桶肥料抬到树林子那边的菜园子去。

天还早，树林子给一层又一层的雾气包围着，隐隐约约地显露出伸向天空的枝丫，浓绿的树叶给乳白色的雾涂抹成大块大块的灰紫色。空气中有一股湿滋滋的味儿，叫人感觉浑身清爽。早晨呀！多么美妙的森林的早晨！

我们跑进树林子，露珠儿把我们的鞋子都打湿了。

菜园子里，青菜长得又肥又绿。董爷爷一个人栽这么一大片地，瓜菜长大了，就送到食堂里给大伙儿吃，董爷爷真是个好爷爷。

小三也跟我们到菜园子来。我们浇完肥，经过树林子，忽然听到哗啦哗啦的响声，是什么东西在逃跑呢？小三马上追过去。它跑得可真快，我跟着追，才追了几步就追不上了，只听见它脖子上铃铛的响声，从灌木丛中隐隐地传出来。

回到屋子里，董爷爷用小劈柴生起一堆火，我们坐在火边把鞋子烘干，身体也暖和了。哈哈！暑假还烤火，回学校告诉同学们，他们准不相信！

我们一边烤火，一边烧茶，还烤窝窝头，烤肉——是什么肉呀？

“是麂（jǐ）子腿肉，森林里好吃的东西。”董爷爷说。

“你爸爸上次就说要带你来交给我，你知道我是干啥的吗?”

我点点头。

“你知道就好，在这儿玩玩，我还可以告诉你一些森林里的事情。”

吃过饭，董爷爷说带我上河边走走。他取下一把弯刀交给我说：“把这个挂上。”这是一把雕刻着花样的刀。

“在森林走的时候壮壮胆子!”他很认真地对我说。

我们走在路上。

不！这不能叫路，因为到处都是路，你怎么走都行。

我们走呀走的，渐渐来到一块平坦的草地上，四周都是花，我最喜欢那白蜡似的百合、娇嫩的小铃兰和蓝中发紫的马兰花。董爷爷说：“在你们南方，现在该是大热天了吧？你瞧咱们这儿，还刚刚开春咧！这片草原，花开得正热闹。这儿的花有的是，不值钱!”听董爷爷说着说着，我感到脚底下软软的，像垫了弹簧一样。我知道，这就是“草甸子”。

不一会儿，我们来到堤上。河道比较宽敞，有许多锯成一段段的几米长的木头，漂浮在水面上。

远处有一道水闸，闸门关着，看样子，要是闸门一打开，那许多木头就会漂走了。

董爷爷说：“这条河道有许多这样的闸门。河水浅，有人想出个好主意，做一道闸门把水暂时阻住，让水越积越多，直到把河床上所有的木头都浮载起来。这时，只要猛然打开水闸，连水带木头就给送到下游去了。我们把这个叫作‘流送’。只有春天桃花开了，冰融发水之后，才能做这个工作。所以，我们也给这水取了个名字，叫作‘桃花水’。

“流送木材的好处是运得多，省钱，省人力，有时还运得快。在交通不怎么方便或者有河道的地方，这是一个运送木材的好办法。

“不过，有时候也要出毛病。上游发大水，我们来不及防备，水闸一下子给堵住了，于是，大水把木头漂得到处都是，水退之后，要把这些木头搬回来，那可就不简单了！”

董爷爷正说到这儿时，只见许多工人叔叔穿着橡皮裤子、鞋子，下河来了，每个人手里各拿了一根长长的带铁钩的竹竿。有的工人叔叔一跳就跳到一根浮在水面的木头上，木头左右摇晃，他的脚步也跟着不断活动，一点没有惊慌害怕的样子。他们在整理木头，把原来横着或斜着的木头用钩子拉顺，好让开闸的时候木头下去得容易些，他们把这个工作叫“赶羊”。

我以前只知道在草原上、在山上可以赶羊，谁听说过在河里赶羊呢？唔，这个工作真不简单！我看着工人叔叔站在木头上摇摇晃晃的，很担心他们要栽到水里去。我记得我们在北海划船，每次从岸上跳下小船，船身侧几下，就把大家吓得哇哇叫哩！

工人叔叔把木头理好，上了岸，不一会儿，就开闸了。嗬！轰隆隆、哗啦啦的水流，像打雷一样响，像闪电一样快，从上游直冲下来，河身登时升高了，木头在白色的浪花中漂浮起来，给水流冲走了！在最前面和在河中心的木头跑得最快，有些木头被河水冲得你挤我，我挤你，挤成一团。工人叔叔们就用长叉子把它们叉开，汹涌的水流便又顺利地把它们带走了！真好看呵！水的力量可大呀！不到一个钟头，所有的木头都流放完了，到远远的下游去了！看不见了！

董爷爷说：“回仓库去吧！”

又是我走在前头。这大概是森林里的规矩，听说大老虎就是这样走法的，它让小老虎走在前头，好招呼一些吧！

我走在前头，只听见董爷爷的脚步声，呼啦呼啦地在我后面响。

董爷爷是一位多可爱的老头呵！他在森林里很久了吗？他的家呢？他家里的人呢？他有没有孩子呢？他来森林之前住在什么地方呢？

我说：“董爷爷！”

“呵！什么？你想问什么就问吧！你瞧见什么啦！”

“不！我想问你，你家里的人呢？你有没有……”

董爷爷没有回答。

“董爷爷！你有没有孩子呀？你以前是住在什么地方的？”

也没有回答。

我回头一看，董爷爷的脸色十分阴郁。

天气很好，远远的大森林给朝雾罩住，显得一层比一层光亮。草上的露水，还没有干哩！这一路上，董爷爷忽然不说话了。是不是我有什么事使得他生气了呢？

“从这儿走！”董爷爷指着一条小路对我说。

“我们不是上仓库去吗？”

“先往这儿去吧！咱们上林子里走走。”董爷爷改变了计划，他说话的声音变得十分低沉。路越来越难走了，有许多带刺的灌木扯住衣服。我们走进一座松林里，这座松林已经有人来过，留下几棵采伐下来的大树横躺在地上。董爷爷坐了下来，他叫我也坐下。

“你认得这条小河吗？”董爷爷指着左边不远的一条小河问我。

我摇摇头。

四周静得一点声音也没有，鸟也不叫。

“你不认得这条河？你不认得，我认得。从这条河走下去，二百多里，有个村子，我和我的老婆，在三十多年以前就从黑河搬到那儿住了。

“三十多年前的日子你不知道，那时候，北洋军阀，日本鬼子，满洲国，还有国民党，像虎狼一样地横行。

“一个姓李的老杂种，叫作李福相，做过北洋军阀的团长，满洲国的县长，国民党的副司令，还做过‘胡子’。你懂吗？胡子就是土匪。他喜欢养狗，也喜欢逮山牲口（就是打猎）。他知道我是干这行的，就要我给他养狗，我不干，朝山上跑了两次，他带了狗和兵把我找回来。他打我，拿火筷子烙我。

“老婆在家生孩子，我还回不了家。

“孩子生下来了，我到了家，李福相要我带回两条狼崽，要我把它们养驯了还给他，养不驯就剥我的皮。

“我孩子满月那天，我在山上下套子。下套子你懂吗？就是安逮野牲口的圈套。我老婆在门口洗孩子的尿布，那两条狼崽把我的……”董爷爷说到这里，眼神十分恐怖！

我吓得一声也不敢出，我知道董爷爷下面要说的是什么。

他说：“把我的孩子吃了！我老婆疯了。我回家来那天，村子里的人从这条河里捞回来她的尸体。我怎么办呢？剩下一个人了，像做了一场梦。狼跑了，我漫山林子去找，把它们治了，砍了二十刀也消不了心头恨，恨在哪里呢？你说说看，恨狼吗？……过了几天，我做的梦醒了，就决心去找李福相，但他不见我，我近不了他，报不了仇。一天晚上，我一把火烧了他的谷仓，上这儿来了。后来我跟上抗日联军，那是后来的事了……

“你问我的家，我的老婆孩子？孩子若在，该有三十来岁了！我可就不孤单了！我有过儿子，可儿子是什么样子我也想不起来！

“解放后，李福相被大伙斗掉了，我没得着信息呀，要不然也得赶去瞧瞧，在台上讲两句话。

“唉！不说过去的了……

“现在我过得很好。领导要给我养老，我不干，我活着就得干活！领导照顾我，让我守仓库，这是个轻活，可我自己不这样想。是工作嘛，总得认真干！我脾气不好，发货的时候容易得罪人，同志们想开了就不怪我，大家对我挺好的……”

董爷爷站了起来，嘱咐我别把告诉我的话对旁人说，要守秘密，以后还有故事讲给我听。

“好！咱们走吧！”

雾气散了，太阳照进森林，像一条彩带子，鸟儿又开始叫起来。

第一次上山

我在董爷爷家住了好些天，爸爸还不回来。我常常去帮家属宿舍的阿姨们挑水，劈柴，有时还到山上去背柴。山上有的是枯树枝，只要你有工夫，要捡多少就有多少。

董爷爷有两个晚上出去，天快亮才回来。我从睡梦中醒来瞧瞧他，他狡猾地对我笑笑，一定是做过一件什么得意的秘密事情。

吃午饭的时候，他装得毫不在乎的样子问我：

“有点无聊吧？想到哪儿看看去吗？”

“想得很，董爷爷！上哪儿去呢？”

“别嚷！”他轻轻地说，“晚上，我带你到一个地方去。得穿暖和点。吃过饭先好好睡一觉。”

点灯的时候，董爷爷回家了，我也睡够了。董爷爷精神抖擞地扎了一条皮腰带，挂了一把带鞘的尖刀，怀里揣了一小瓶酒和烤香了的肉干，看样子像是要走长路。

我也学他的样子捆扎好了，他用老鹰似的眼光检查了我一下，说：“你弄得太噜苏太臃肿了，这样走夜路是不方便的。口袋里鼓起来的是什么？掏出来！手电筒也不用带！走惯了路，两只眼睛就是手电。多喝点水，喝足了，水壶也不用带，一个晚上再怎样也渴不坏的……好！咱们走吧！”

吹灭了灯，锁上门，我们就上路了。董爷爷简直像个四十岁的人那么精神。

“嗯，跟我来，这回你走在后头吧！”

我说：“好。”

走夜路多么困难呀，尤其是在林子里。有时一脚高，有时又一脚低。起初，我睁大眼睛，只模模糊糊地看到道路；过了不久，眼睛逐渐习惯了这样暗黑的环境，道路就看得越来越清楚了。

十里过去了，十五里过去了，我们从山冈上翻下来，又爬过一层层的石头峭壁，上了小山，来到一块长着杂木的小平地。

董爷爷问我：“累吗？还得走呢！”我说：“走就走吧！”董爷爷笑起来：“好样儿的！咱们歇会儿吧！”

那么大的森林，就只有我们两个人，四处静悄悄的，害怕吗？不！有了董爷爷，我什么也不怕。

天空蓝得发黑。董爷爷坐在我的对面，他的呼吸我都听得见。就在这时候，天空忽然明朗起来，现出银白色的亮光，周围的一切顿时都起了变化，原来只是阴影似的东西，一下都显现出珍珠一样的光彩。

“月亮出来了！”董爷爷轻轻地说。

果然，月亮出来了。有的小鸟还以为是天亮了，发出轻微的梦呓（yì）似的啾啾的叫声。我们坐在山上，一片望不到边的森林，在月光下静静地躺着，像妈妈睡着了一样，又伟大，又慈祥。

董爷爷也在看大森林了，他看了它几十年，从年轻时代就生活在它的怀里，他美好和辛酸的日子全是在这里度过的。

他长长地嘘了一口气："森林真好！"

我们继续往前走，有的小山洼底还有积雪，小河沟面上浮着一层薄冰，流水在冰下淙淙地响着。

有时，忽然从我们面前横窜过一只什么小东西，吓得我跳起来。

"不碍事！"董爷爷说，"那是灰狗子，你懂不懂？就是灰鼠，你把它吵醒了……"

果然，逃走了的灰狗子，在远处的树枝上轻轻地咕咕地骂人。

一路上，我们没有说过什么话，董爷爷在林子里就不想说话。林子，静静的，是想问题的地方；自然，还有别的理由。

地势平坦多了，月色也更加明亮。董爷爷的脚步放慢了。

我从没见过这么大、这么美的桦木林子。那温柔的、带点寒意的月色，给整个桦木林子喷上一层银色的光彩，它不是刺眼的白光，也不像朝雾那样朦朦胧胧的，它静穆而又坦率地爱抚着大地。当你走进桦木林子的时候，脚步便自然地放得慢，放得轻，生怕自己的鲁莽扰乱了这份安详、这份甜美……

“嘿！”董爷爷轻声叫我。

“嗯！”

“你瞧见什么了吧？”

“没，没瞧见！”

“你再仔细瞧瞧！”

我照着董爷爷的话仔细地看看天空，看看周围无边无际的桦木林，还伸长脖子用鼻子左右闻了一闻。“没有呀！董爷爷！”我说。

“咳！傻小子！”董爷爷还是轻声轻气地说，“你瞧地面！”

地面上会有什么呢？

我看到地上有一些什么动物拉的小圆枣似的粪蛋，还冒着热气。

“一些小粪蛋。”我说。

“对！一些小粪蛋，你觉得怎么样？”董爷爷问我。

我迟疑了一下，粪蛋不就是粪蛋，会怎么样呢……喔！对了！是的！是的！是粪蛋！

“对！董爷爷！是粪蛋！是，是，是……”

董爷爷是聪明人，他已经知道我明白了。

“你明白了吗？”

我很高兴，我已经明白了。这里有粪蛋，尤其是冒热气的粪蛋，那就是说，有什么动物刚才来过。

董爷爷弯下腰，叫我也蹲下来，他指着地面的脚印对我说：“记住！这是个不大的、两个叉的脚印，枣儿大的粪蛋。那么，就可以断定，刚才过去的是只狍子。”

“喔！”我高兴得深深吸了一口气。

董爷爷坐了下来，从怀里掏出那个小酒瓶，拔开塞子，咕咚喝了一口酒，顺手用袖口揩了一下嘴巴说：“这下子不急了，歇一会儿吧！等着吃狍子肉吧！”

“董爷爷！你，你，你没带枪，怎么逮它呀！咱们快追去吧！”我着急地说。

“追不得，一追一急就吹了。现在我们就在这里等它。让我们先喝几口酒，吃点东西暖暖身子，就去捡狍子吧！”

董爷爷给了我一块肉干，我不喝酒，我吃肉。

“你口渴吗？”

我来时他不让我带水壶，干吗现在又问我渴不渴呢？渴也没有办法呀！

“我请你喝汽水！”董爷爷笑眯眯地站起来，用尖刀子在桦木皮上切一个小口子，叫我用嘴巴接住那个口子。一会儿，果然就有许多清凉的水流进我的嘴里了。我痛痛快快地喝了一顿比汽水还好的“桦树汽水”。

董爷爷问我好不好喝，我说好极了，他说：“不是最渴的时候不要这样做，这样会把桦树弄伤的。”

董爷爷又找了一种半干半湿的阔叶子，放在手掌里搓了好一会儿，然后细心地卷成像一根雪茄烟的样子，也不点火，就含在嘴巴上一口一口地抽着。

“董爷爷，你没火怎么抽烟呢？”我觉得有点好笑。

“这叫作‘没烟雪茄’，又叫作‘纪律烟’，是我发明的。这叶子味儿像烟草，不用点火也抽得。”董爷爷仰着身子，得意极了，“我从来是守纪律的，别瞧我老。有些家伙偷偷在林子里点火抽烟，我见着就骂。哼！以为没人见着就可以胡来，真是坏狗子。纪律是什么？是一个人孤单着的时候也应该遵守的东西。嗯！你懂不懂‘遵守’这个名堂？”

我点点头，董爷爷也点点头。

董爷爷又不说话了，好长的时间我们就这样一动不动地蹲着。

真正是很长的一段时间，我的脚都蹲麻了。董爷爷叫我闭上眼养养神，我不会，我受不了，也坐不住，就只好东看西看。

月亮已经升到头顶，桦木林子给月亮照得玲珑剔透，就像玻璃做的林子似的。

我因为没有活动，又不会喝董爷爷的酒，有点冷起来了。我想起了很多事：爸爸在原始森林会碰到什么呢？妈妈和姐姐是不是已经睡着了呢？她们梦见什么呢？会不会做一个我在森林中间蹲着的梦呢？我看见妈妈和姐姐从林子对面走来了，还牵着几条小羊，这大概是做梦吧！这一定是梦……

“咱们得走了！”听见董爷爷的声音，我才醒过来，原来刚才我已经睡着了。这种睡法有点特别，做的梦又像真又像假，又像做梦又像不在做梦，心里还十分清楚。

董爷爷蹑（niè）手蹑脚地走在前面，好像丢掉什么东西似的，低着脑袋左右搜寻。我们又走了十来里路。

忽然，他立定了，把手往后一按，我也不动了。

“逮住了！你瞧！”他说。

“逮，逮住什么了？”我一时弄糊涂了。

董爷爷忽地抽出刀子，脚不点地地冲到一棵臭松下面。正当我们走近的时候，一个东西哗地叫了一声，吓得我往后直退。

“不怕，果真是条狍子。”

一只大羊似的狍子，给董爷爷下的套子套住之后，自己纠缠在那棵臭松树下，不能动弹了。

“半死了！”董爷爷说，“自己缠得这么牢，难道活得了？我给你送终吧！”董爷爷走近前，在狍子喉管处割了一个口子，放出许多血来，于是那狍子一点也不挣扎就死了。

过了几分钟，董爷爷和我抬起狍子，问我："你知道狍子为什么一定要钻我这个钢索圈套吗？瞧这地下，哪！这是狍子上河里喝水去的路，脚尖是朝咱们后边的。哪！这是喝过水回来的路，脚尖朝前的。这两种不同方向的脚印，都走在一条路上，而且是新踩下的，我就断定这条路上准有野牲口经过。

"大前天我来了一趟，见了它拉的粪蛋，也见着它踩的脚印，我就把这个套子安在这里。

"套子是怎么安的呢？哪！挑这条狍子道上两棵不大不小的树，用小树藤把套子缠在树身一尺五左右高的地方，刚好够得着狍子的脑袋和长脖子。再找一些鲜松树叶打一打这个套子，有点松树气味在上头，免得狍子闻出人味来。再弄点鲜草、树叶把套子挡住，不让它看出可疑的地方。然后砍根碗口粗、一丈来长的树干，把钢丝套子缠在上头，随便搁在那里。

"狍子一经过，马上就给套子套住了。它想奔，奔不脱；想跑，就只好拖着这根大棍子跑。林子里的树密，拖着的棍子很快地就给别的树干挡住了，狍子心慌，带着套索左右来回地绕树转，这一转不打紧，把自己缠得连气也闭住了。

“有时候，这套索还逮得住老虎、黑熊。那就不那么简单了。你要和它拼命，用长枪扎它，它蹦，它龇牙咧嘴地吓唬你，它咬钢绳，你得等它，等到它流完血，没了力气，躺下了，没气了，你再用枪去撩撩它，看是不是真死了。这才好想办法把它运走——好吧！咱们先把它开了膛再说。”

董爷爷很机敏地动起手来，剥了皮，把狍子的内脏取出。他说这东西拿不走了，就扔在一边。又很快地把狍子砍成四块，每块连着一大片肉，他说：“看样子，足足有四十斤呢！”

他把狍子头和脖子也带上了。最后，他从腰带上解下一个大口袋，把所有的东西都装了进去。又喝了几口酒，一切都收拾停当了，便说：“好！孩子！咱们回家吧！总算给你见到点世面了！嗯，咱们不走老路，从南边翻过小坡，走十几里地，有火车道，咱们等小火车去。”

我们高高兴兴地回家了。

说实话，我有点累了。董爷爷走得快，背着几十斤狍子肉走起路来还像跑一样。

到了小火车站，已经是第二天早上两点多钟了。站上有两个叔叔认得董爷爷：

“哈哈！老董头！这回发了什么财啦？”

“一只狍子，还热着呢！”董爷爷说。

“来一条腿怎么样？老董头！”

“山上长的，你爱，就拿一条去吧！”董爷爷打开口袋，送了一条带肚肉的后腿给那两位叔叔。

这两位叔叔站在一起样子有点滑稽：一个很胖，像吃多了人家送的狍子腿似的；一个很瘦，也像吃多了人家送的狍子腿弄伤了肚子似的。他们都很快乐地把狍子腿扛进屋里去了。

一会儿，小火车来了。

我们爬上车厢，已经有不少人坐着了，许多伯伯叔叔都认识董爷爷，大家向他打招呼，问好，同他开玩笑，叽叽喳喳地谈着话。不多一会儿，火车就开了。

一个大个子伯伯问董爷爷：“董爷子，你口袋里盛的是什么？”

“好东西！”

“来，来，来，什么好东西，报出来大伙儿听听！”大个子伯伯说完话，还过来用手捏捏口袋。

“刚才在山上捡到的宝贝！”董爷爷说。

大个子伯伯听了董爷爷的话，已经明白了一半，对董爷爷说：“董爷子！咱们爷儿们讲句公道话，多不要，来一条腿怎么样？”

大伙儿哄笑起来，董爷爷也笑，他解开口袋，取出一条前腿递给了大个子伯伯。

大个子伯伯解开自己的包袱，取出一块油布，把这一大块带胸肉的前腿包好，还对董爷爷眨眨眼说：“下趟上咱们七车间来，咱们打两斤白酒请你老爷子喝他一晚！谢谢你啦！”

火车到站了，我们下了车，董爷爷说还得走八九里地。这是个大站，有个合作社，一个电局，还有个森林工人大食堂。除了食堂里点着灯，有些响动之外，别的地方都关着门，显得黑洞洞的。

天还没亮，食堂里蹿出了大蒜炒肉的味儿来。董爷爷站住，用鼻子闻了闻说："等等，咱们进去吃点东西再说。嗯！喝点什么就更好，这里头有熟人，孩子！我还能叫他们给你烙张白糖芝麻大饼。"

说着说着，董爷爷就拉我走进了那间大食堂。

食堂很大，因为还没天亮，里面黑漆漆的。有人听见响动，一看是董爷爷，就一把把董爷爷和我拉进了亮堂堂的厨房。厨房顿时轰动起来，十几个人原来全都认得董爷爷，董爷爷见到他们也显得特别高兴。

"哈哈！一晚都没睡没吃了，李得发小子，你给我弄点什么好吃的来！还有这个小伙计，也陪我蹲了一个晚上了，人家从北京来咱们森林的……我这里有点零钱，弄张白糖芝麻大饼！"

那个叫作李得发的矮个子叔叔笑嚷道："哪儿来的这么个疯老头子，想吃我们刚烧好的菜！"说完就去取碗筷。

董爷爷看看我，不好意思地对大伙儿说："嗳！嗳！……我……我说天气还有点冷，这么早，等会儿还得赶八九里路，嗳！你们哪一位收藏得有——"董爷爷用手指比了个酒杯的样子："来这么四两，你们看怎么样？"

听了董爷爷的话，大伙儿大笑大嚷起来："好呀！好呀！老头儿酒瘾发了，咱们有的是好酒，来来来！现成的菜，现成的饭，咱们大伙儿陪着你喝！"有人果真取来了酒。董爷爷一边喝酒，一边跟大伙儿聊天。四两白酒可能多了一些，弄得董爷爷的舌头不大听话："我……我这次上林子里……去……非常运……运气，顺……顺手……就……抱了一条……一条狍子回……回……回来……"

大伙儿瞧瞧他指的口袋。

"我……我老头不……不含糊，行，行，行，是行，你们大伙儿作证，老头不说假话……"他又指指口袋："这里是……是一条狍子！"

大伙儿又瞧瞧口袋。

有一个长着又红又大的鼻子的伯伯就来提口袋，并且对董爷爷说：“给一条狍子腿行不行？”

董爷爷说：“别瞧我老头酒喝多了，可没醉！你老酒糟想赚我的狍子腿是不行的！已经只剩两条腿了。不含糊，你挑那个狍子头去吧！”

“给一条腿吧！”红鼻子伯伯说。

董爷爷笑眯眯地摇摇手。

“不给？不给我就抢了！”红鼻子伯伯也笑着说。

“敢！”董爷爷又喝下一口酒，“拿那个狍子头还马马虎虎。”

说来说去，大伙儿给董爷爷斟了好几杯酒，董爷爷也都喝了。最后，他们又给他沏了一碗热茶，给我一个烫手的白糖芝麻大饼。我一边吃饼，董爷爷一边跟大伙儿说话。

董爷爷说话真有趣，好像要把在林子里憋了一夜的话都倒出来似的。

这时候，那个红鼻子伯伯不见了，不知道上哪儿去了。一会儿，他忽然又出现在董爷爷面前听故事，仿佛根本就没有离开过这里似的。

这个红鼻子伯伯，我觉得十分有趣。

天亮了，从窗外吹进来一阵清新刺鼻的冷风，董爷爷打了两个喷嚏（tì），站了起来，伸了个懒腰说："得走了！这孩子还得赶回去睡觉。嘿！老酒糟呀！你别气我，几时上我那儿去？我的狍子腿不能送给你了，咱们车间里有人等着呢！那儿吃的人多，是不是？"

红鼻子伯伯点点头，样子好像很规矩，也没再提起狍子腿的事。

董爷爷和我走出门来，大伙儿送到门口，爷爷对大伙儿道了再见，把口袋换了换肩，说："真是上了岁数怎么的？口袋越来越沉了……嗬！好雾，今天要出大太阳。"

走到大路上的时候，还听见有人远远地叫着董爷爷，要他过两天再上这儿来玩。

好不容易才回到我们的车间，正赶上大伙儿起床，大家都跑来看我们一夜工夫的收获。

董爷爷神气极了，挺起了胸脯，对围成一圈的伯伯叔叔们说：“这家伙，我等着它上套子的。赶到的时候，它已经快闭气了。不小，怕四十斤也不止。路上给要走了两条腿，‘老酒糟’还想要一条腿咧！那咱们大伙儿还吃什么？是不是？……”

他一边说一边把口袋高高举起往下一倒，哗啦啦！你猜怎么着？倒出一口袋给狍子皮包住的砖头！

狍子腿连头，一切都不见了。

大伙儿禁不住大笑起来。

董爷爷先是有些惊奇，后来也跟大伙儿笑在一起了。

我很生气，这多不好呵！一定是那个红鼻子伯伯干的事。

“好呀！好呀！”董爷爷说，“一个晚上弄来的狍子，这红鼻子糟蛋，把它全换上砖头了，还害我背了八九里地！”

我气得不知怎么办才好。

在回小屋的路上，董爷爷对我说：“孩子呀，在森林里，大伙儿都是挺会寻找快乐的。山上找的野物，大家都应该吃到它，不是我们吃，就是他们吃，反正是山上干活的工人们吃。你别气那老酒糟鼻子，他是个很大方的同志，他在为他们食堂里吃饭的工人们想办法呢！不是一个人吃那些肉的。

“你留下这张狍子皮吧！这虽然不算好，绒针没有掉，还可以做床褥子的。你带它回北京，你会记得这个有趣的夜晚。

“森林里的伯伯叔叔们都很大方，不为小事情生气。不是吗？孩子！你还生气吗？”

我说：“好爷爷！我不啦！”

“嗬，这一晚好累呵！”

蘑菇天气

早上起来，森林像给罩在笼子里似的令人透不过气来。

林子里的雀鸟不知躲到哪儿去了。

远处，拖拉机闷声闷气地吼叫着，就像从棉被里面发出声音来一样。

中午时候，阳光从密密层层的黑云里露出来一下子，又很快地缩回云层里去。

上下午班的时候，四面八方刮起了风，天气忽然凉起来，谁也没有准备，冷空气就带着风和雨点子来了。

森林里一刮风，伐木工人就得停止工作，上森林去的伯伯叔叔们就得拼命往回跑，人在前面跑，雨点子就在后面追赶。

窗外变成灰蒙蒙的一片。风雨在森林边沿是特别猛烈的，巨大的树群被压弯了腰，森林后边原先看不见的地方，现出了一层又一层狂舞的树影。

森林在咆哮。

只半个钟头，风雨就过境了。人们拥挤在屋子里，大声说话，唱歌，抽烟，准备重新出发到林子里去工作。大量的热流跟着又从地板上蒸发上来。

不知谁说了一句："把窗子全打开吧！"

窗子真的全给打开了。

这时候，森林完全变成一个新样子。

雨水冲洗过的森林，空气显得格外清爽，太阳出来了，满林子都是闪闪的光彩。

地面各处都爬满活泼欢快的小河流，四周送来阵阵的花草香味。

远远的林子里传来明快的马达声，电锯声，工人叔叔们开始伐木了，拖拉机要把木材收集好运回来了！

董爷爷说：“孩子！明天我领你上林子里采蘑菇去，这种天气，是会出好蘑菇的。”

我高兴极了！我还没有在林子里采过蘑菇呢！

我等不及了，董爷爷一大早有事出去了。我只好自己上林子里去。

离我们半里路的松林里，到处都有蘑菇。林子里还是潮湿的，但太阳当顶，照得松林子像个暖房。

这是大森林的边沿，人们都说森林边上出最好的蘑菇，我很快就证明这个说法不错。

我几乎在每棵树下都采到了蘑菇，那么多的品种，五光十色！有盘子那么大的、火一样红的蘑菇，有橙黄色的蘑菇，有形状像小钟似的、玫瑰色和深红色的蘑菇。在肥大的青草丛背后，我发现了几十个小碟子形状的蘑菇。此外，小洼边上还有蓝色斑点的雨伞似的小蘑菇……嗯！说不完那么多，我随随便便就捡到满满一篮子了。

篮子满了，自然回家。

虽然我还是第一次在森林里捡蘑菇，是个生手，但是我有一套办法，能够辨别什么是有毒的蘑菇，什么是无毒的蘑菇。我奶奶说过，煮蘑菇的时候放一把灯芯草下去，灯芯草发黑，就是有毒；放几根葱也行，葱变蓝色，也是有毒；还有人放把银勺子，勺子发黑，也是有毒。还有，煮好的汤，用舌头尝尝，如果舌头发麻，就要马上吐出来，还得用清水漱漱口。

我一边想一边走，很快就到了董爷爷的小屋里。

董爷爷还没回来。我想，自己动手吧！等他回来，见我烧好一锅鲜美的蘑菇汤，该多高兴呀！我脱下泡湿了的球鞋，就开始拣蘑菇。自然，泥土是吃不得的，我将粘着泥土的老伞柄子去掉，只挑出干净的、完整好看的蘑菇，放在盆子里轻轻地洗涤（dí）。我生了火，铁锅里先倒点油，锅里冒烟了，才将所有的蘑菇倒进去，马上又放了水，又取下挂着小刀的银链子丢进汤里。除了这东西之外，这里是找不到灯芯草和生葱的。火生得好，不一会儿，汤冒着热气。这时候，没想到董爷爷进门来了。

原来希望他再过半个钟头回来，让我这锅顶上等的鲜汤烧好了，他一进门就能够喝上该多好呵！

“孩子！烧什么东西呀？”

“烧蘑菇汤。”

“蘑菇？哪来的？”

“哪来的？我捡的呀！”真好笑，董爷爷是不是老了，糊涂了呢？昨天他说过今天我们要上林子捡蘑菇的，难道没有他陪着，我就不会捡了？

“是怎么样的蘑菇？让我瞧瞧。”说着，他就过来掀起了锅盖。忽然，他大叫起来：“好家伙！这味儿你闻闻！”

我走近一闻，腥臭的气味直朝我冲来。

“快，快，快倒出去，这吃不得的，吃一口也不行，毒得厉害，在林子里吃了这东西是没药治的！”董爷爷两手提起锅子就朝外跑。只听哗的一声，他把我辛辛苦苦捡来的一锅蘑菇全倒在草地上了。

“链子！”我连忙从草堆里捡起我的链子，链子颜色没变，还是银白色的，这让我觉得很奇怪。董爷爷瞧着我说：“你以为银东西会发黑吗？黑不了的，多危险呀！我想你怎么这样快就捡回来满满一锅蘑菇，原来大多是吃不得的。你要是先喝一口，那我责任就大了，要怪我事先没和你说清。嗯！你来看！”

我们蹲在草地上，董爷爷把草拨开，指着散在地上的蘑菇说：

“你看！你看！这些小钟似的蘑菇是毒红菇，这些橙黄色的是蛤蟆菌，这些黄绿色上面有肉瘤的是毒蛋蕈……哎哟！好家伙！差点吃了世界闻名的毒蘑菇啦！还有这些雨伞似的小蘑菇，也够厉害的，你准是瞧它长得好玩才捡了这么多的吧？……真是，瞧你呀！牛屎菇，假芝麻菌，什么都捡，有毒的没毒的全不懂，就弄来吃，瞧你这小子多莽呀！我老头在森林里住了几十年，看的蘑菇多啦，经验不少，也不敢乱来，总是非常小心！光靠经验也会出事的。蘑菇的名堂太多，不认得就别捡！嗯！小孩子呀！还是不要自己上林子去，免得出差错……”

董爷爷接着又说：“孩子！你不知道，不久以前，咱们职工宿舍里有个小孩上山采山葱，结果却错吃了山蛇草——那是差不多一个样子的，唉！还回不到家门口，就躺下死了，全身发黑……唉！多好的一个孩子……

“林子里的东西又多又好，只是不能马虎大意。不然，多危险啊！是不是？”

灰鼠、老虎和狼

下午没有事，董爷爷又和我上场子堆劈柴。

这十天来，我们两人已经堆好了三大堆房子一样高的劈柴。这些劈柴，可不像我家里生炉子用的那样，它们都是一段段废木材锯成的，有二三斤一根的，有五六斤一根的，在我看来，简直是小木柱子了。森林里，冬天特别冷，火炉子也特别大，一个冬天，整个车间生炉子要用二十堆这样高的劈柴哩！

我站在高高的柴堆上，董爷爷一根根地从下面扔给我，就像瓦工叔叔扔瓦上房一样。自然，开始的时候，我很不行，接不住。幸好那是劈柴，不是瓦，不然就要打个稀烂了。

干了两三个钟头，太阳已溜下西边。天空碧蓝碧蓝的，连一片浮云也没有，站在柴堆上，可以望得很远。从宿舍屋顶望过去，是海洋那样绿中透蓝的桦树林子，雪白的树干还映得人眼睛发花呢！一条小路从那里通到豆腐坊，一头拉磨的毛驴正在屋子外面吃草，有时候还大声地叫唤，这恐怕是附近森林里唯一的毛驴子吧？再望过去，就是一段下坡的小路，通向大森林的小路……

"孩子！孩子！"

"谁？"

"孩子！这里！"

原来，在背后小河边的林子里，小赵叔叔在喊我。

"小赵叔叔，你下班了？"

"喂！一窝灰鼠要不要？"

"灰鼠？"我高兴得跳起来，差一点从柴堆上摔下去了。

董爷爷说："瞧瞧去，活就干到这里吧！"

我很快就跳下地，朝小河边的林子跑去。

林子里草很密很深，牛虻多得了不得，像飞机似的来回乱窜，撞到我的脸上、手上、脖子上……

小赵叔叔说："你别动，等着，瞧那棵柞（zuò）木树，这边数过去，一、二、三、四、五、六，第六棵。看见没有？这是在第六棵柞木树的像个手拐的叉子那儿……"

"喔！是的，看见了，那个叉子……灰鼠？灰鼠呢？"

"等着，等会儿就瞧见了。"

真的，一会儿，从别的树上跳下来一只灰鼠，长耳朵，大尾巴，一对精灵似的小眼睛，东看看，西看看，看看头顶的树叶子，又看看地上的草堆堆，鬼鬼祟祟地缩起脖子，鼻子在树皮上闻来闻去，像闻出什么味儿似的……突然，它纵身一跳，蹿（cuān）到一个鸟窝里去了。

"小赵叔叔！你瞧，它跳进鸟窝里去了！"

"轻一点！那不是鸟窝，是它自己的窝，它在喂奶呢！"

呵！原来灰鼠也会搭窝住的。

林子里静悄悄的，听得见灰鼠咕咕地叫着。它是不是在哄它的孩子呢？是不是在唱催眠曲给它们听呢？

不一会儿，灰鼠跳出窝来，向周围看了一下，一溜烟地走了。

“跟我来吧！”我们蹑手蹑脚地走到灰鼠窝的那棵树下，小赵叔叔说：“我蹲下来，你踩在我背上去瞧瞧！”

我踩在小赵叔叔的背上，站起来。呵呀！瞧见了，小灰鼠！一共五只，还没开眼，还没长毛哩！那软绵绵红彤彤（tóng）的身体，你挤我，我挤你，紧紧挤在一道，吃饱了，正舒舒服服地睡觉哩！它们哪里知道有人瞧它们来了呢！

下了地，我告诉小赵叔叔，灰鼠还没长毛，太小了，怪可怜的！

小赵叔叔想了一会儿说：“这样吧，过几天咱们再来，先让母灰鼠喂喂它们，要不然，我们现在取回去会饿死它们的。”

就这样决定了，我们回到车间里。

车间开饭了。吃饭的时候有几位叔叔问我们刚才上哪儿玩去了，我说见到一窝没长毛没开眼的小灰鼠。叔叔们就说，灰鼠一开眼就会溜掉，得瞧准了办事，想个办法才好。

我天天想着小灰鼠，想早点取它们回来，看着它们长出灰麻麻的毛，看着它们学走学跳，那真是多么好玩的事呀！我不会亏待它们的，我会好好地喂养它们。像对待小三儿那样，给它们做个木屋子，喂它们吃甜面糊糊……

小赵叔叔呢？他工作很忙，有时吃晚饭也碰不着他，我怎么好意思催他陪我去逮小灰鼠呢？过了几天，见到小赵叔叔了，他还是没有叫我一道去逮小灰鼠的意思，仿佛忘了这件事似的。又过了几天，小赵叔叔总算找我来了，他说事情忙完了，可以陪我上林子去了，叫我找个硬纸盒。

我马上钻到床底下去，把爸爸的鞋盒子拿出来，跟着小赵叔叔走了。

来到树下，还是照老办法，我踩在小赵叔叔的背上，

朝灰鼠窝里看——

“哎哟！”我难过得说不出别的话，两腿直打颤，差点摔下来。

“怎么啦？下来，下来，让我来瞧瞧！”小赵叔叔放我下地，几下子就爬到树上去了。

“这……这是谁做的好事？全把它们饿死了！”小赵叔叔十分生气，失望地从树上跳下来，“不知道哪个家伙拿铁丝把小灰鼠一个个缠住了呢！多蠢呀！怕它们跑掉？这样母灰鼠吓得不敢喂奶来了！唉！真是……孩子！咱们回去吧！灰鼠，森林里有的是，我会再给你弄一窝的。”

我们俩慢慢地往回走，路上碰见一位叔叔向我们走来，他兴冲冲地说：“怎么？逮住了吧？一共五只是不是？你得谢谢我，孩子，要不是我弄了几根细铁丝缠住它们，这时候可不全都逃走了！你得谢谢我才好呀！”

他大概见了我们脸上难过的神色，又看了一下我手里的空纸盒，有些奇怪。

“怎么啦！用铁丝绑住还逃掉了？唉！”说完他就走了。

丢了五只小灰鼠，说实在的，真叫人丧气。

晚上，董爷爷说：“孩子，有时候以为十拿九稳的事也不准行，有时候却意料之外地有东西送上门来。我给你讲个……

“唔，唔，那是哪年呀？唔，反正前几年就是了。那年，大冬天，下着雪，我上卡里去送信，六十里过去了，我进了林子了，那儿有个站，是检查入山证的。到了站，雪越下越大，站上有熟人，我就在那儿住下了。

“住在那儿的，还有些学生，说是到森林实习的。说实在的，人家学生也真能吃苦耐劳，做饭，挑水，砍柴，样样都抢着做，论力气不比咱们差。就是——嗯哼！你就听我说这个故事吧！

“小伙子们不知听谁说的，硬请我带他们上一次山。嗯！上山就上山吧！小伙子们信得过我老头，我老头能不给大伙儿卖卖力气？

“上山干啥？是看林相。你懂不懂？就是给森林‘看相’，看某一块森林长得好不好。他们是从北京来的专门搞森林的大学生，带有地图、罗盘，原来也不是生手。走了十几里地，有人提出要分两路绕一个圈子，这也行，有这种走法的。大伙儿商量一下，就准备分两路绕一个圈子去。

“我带着甲队，乙队的人自己走，说好下午三点钟在一个地方碰头。

“分手还不到十五分钟，忽然乙队的人大喊大叫地追上我们来了。哎！大雪天，这帮小伙子，一个个跑得脸孔通红，一边擦汗，一边呼哧呼哧直喘气。

“‘什么事呀？’

“‘呼哧呼哧！’

“‘到底什么事呀？’

“‘呼哧呼哧！’

“‘吓！到底什么事呀？真急人！’

“‘哈喝呼！哈喝呼！’

“你猜怎么着？吓！碰上大老虎了！‘哈喝呼’就是大老虎。吓坏了，说不出了！

“一听说有大老虎，我把三八枪推上子弹。一个胆子大一点的学生，带着条冲锋枪，跟我往回走去。

“大伙儿蹑手蹑脚，跟在后头，我叫他们蹲着，别跟来了，免得老虎冲来时出危险，只要一个人带路行了。

“走不多远，带路的就轻轻地说：‘哪，还趴在那儿！’

“嗬！不错！在雪花洒白了的石岩上，隆起来的虎背上也盖满了雪。如果不仔细，认不出那黄斑斑的虎脸，那就糟了！

“我端着三八枪，两边看了一下，蹑手蹑脚地走到一个距离正合适的老红松底下，又给拿冲锋枪的学生打个暗号，叫他也准备好。我打算先开枪，不行再叫他帮忙，两边夹攻，不怕收拾不了这个家伙。

“一切都准备好了，我瞄准那只老虎，它还是那么趴着，哼！正好！我的手指要扣动扳机了！再看看，嗯，它身上的雪，干吗这么厚呀？它趴在这儿有好久了吧？它在这儿睡着了？

“我看来看去，觉得有些奇怪。再一想，更加奇怪——这是只什么老虎呀？怎么一动不动的？见着那么一帮子人来不跑也不追？

“我问那个学生：‘刚才你们见着它时也是这副神气吗？’

“‘是的，是这副神气。’

“唔，我明白了。我叫那冲锋枪手从左边向老虎走去，我从这右边走去，到老虎身边会齐。说好我这边先开枪，等我第二枪响了他才好帮忙。

“我扣着扳机，一步一步向前走，走到还有十来步远的地方，为了保险，我朝最靠近老虎的那棵红松放了一枪。哈哈哈……我大笑起来，推上保险机。

“那个冲锋枪手大叫：‘怎么样？怎么样？’我叫他过来看，那老虎还乖乖地趴在那里哩！我们一起哈哈大笑，那伙人慌慌张张地赶来，问我们怎么样，老虎死了没有。

“我们招呼大伙儿走过来，一过来，事情很快就明白了！顿时笑成一团。

“原来我们碰上死老虎了。

“老虎岁数一大，支撑不住就死了。

“你瞧瞧老虎死了还那么威风，把一伙小伙子吓得魂都没了。

“就这样白白地捡了一条老虎。你知道，老虎全身没有一样不是有用的，虎皮、虎骨、虎心、虎须……呵！还有虎肉，够大伙儿吃半个多月哩！

“嗯！还有一次，那是前两年，在乌敏河那边，我有事上红旗车间去，半路上也碰上个小伙子没命地跑过来。

“‘什么事呀？’

“‘狼！狼！’

“‘在哪里呢？’

“‘前面！前面！马车那儿！’

“哼！这小伙子见到狼，车也不要了，好家伙！‘赶快给我！’我一边夺过他手中的马鞭子一边喊道。

“我走前，他走后。老远我们就看见一条狼跟着马追，马已经奔断了缰绳，在野地里用后腿跟狼格斗。

“‘哟喝！哟喝！……’

“马听到呼唤，就朝我们跑来，嘶叫着，知道主人并没有离开它，高兴得很！

“狼呢？狼不追了，蹲在那儿，舌头伸得老长，火红的眼睛瞧着我们，像在打什么鬼主意。

“‘你牵着马，我走过去瞧瞧！’我捏紧马鞭子向狼走去。

“狼用尾巴做了个垫子，自己就舒舒服服地坐在上面，一动也不动。

“我越走越近，除了鞭子，我什么也没有，可是我懂得狼的脾气。它鬼，它要看看你拿出什么货色来，它怕你偷偷地藏着什么，忽然一下子拿出来，它可受不了啦！

“这是只独狼，独狼比狐狸还狡猾，还坏。我呢？也不是傻瓜。我就这么走上前去。

“还差十来步远，我忽地扬起鞭子，‘啪！’空中响起震耳的声音。

“狼还弄不清楚是什么，拔腿就跑，我一边扬起鞭子一边追，还捡起几块石头朝它打去。

“它嗥（háo）叫着逃走，样子十分狼狈。

“狼走远了。我回头走到小伙子身边，我瞧着他，他像个考试不及格的小学生那样，耷拉着脑袋！

“‘套马吧！’我帮他套上马。这是匹好马，自个儿对付狼居然没有受伤。

“我们坐在马车上，大车在高低不平的草地上走着。

“草长了，这里那里尽是火红的虎斑百合花。

“‘你对不住你的马呵！’我说。

“年轻人怯懦地解释：‘我是刚来的，没见过狼，我什么武器也没带……’

“唉！我说：‘马要是没缰绳，比你跑得还快，你懂

不懂？那时候狼就找上你了，你怎么办？’

“狼，是挺狡猾的，你越是害怕它，它越要欺侮你。我们生活中遇到的困难，有时也像狼一样，孩子，你说是吗？”

追　熊

这一回可不是逮狍子呀！

一位拖拉机手慌里慌张地跑来找董爷爷：

“了不得！了不得！黑瞎子跟拖拉机干起来了！”

“在哪儿？”

“在零三线。”（是林子里地区的号码）

“好！”董爷爷往外就跑。

一两个钟头之后，他又回来了。他说：“孩子，你运气好，一来就有戏看了，刚才黑瞎子跟拖拉机打起来了。它冲拖拉机，冲不动，就爬，爬上驾驭间掏玻璃，瞧它那股傻劲呵！小赵吓坏了，猛然开动拖拉机，想摔它下来。吓！真摔下来了。可它还不甘休，还想爬上去。小赵用拖拉机碾它，它也鬼机灵，躲来躲去，不让拖拉机碾上。后来小王的拖拉机也开了上来，两部拖拉机夹攻它，谁知它坐着一动不动，一点不怕。小王小赵一看这情形，高兴得不得了，就加足马力往前撞。在这紧要关头，那坏蛋黑瞎子忽然往旁边一闪，这可就惹祸了，两部拖拉机给撞在一起了。那黑瞎子却一溜烟跑了！”

“那拖拉机怎么办呢？”

“拖拉机？拖拉机倒没出大毛病，挡板给撞歪了，玻璃给震碎了，人倒没受伤，车也没燃着，总算运气。不过小王小赵跑不了要挨批评的。”

说到这里，车间主任李伯伯喘着气来了：“老董头！老董头！老董头在吗？”

“吓，老董头！你的生意来了，黑瞎子弄坏了咱们两台拖拉机，你快帮个忙整治它！”

董爷爷笑着说：“是小王小赵自己开车子亲嘴的，哪怪得黑瞎子？”

李伯伯着急了："哎哟！老淘气！快去吧！来了一条黑瞎子，你知道，要妨碍多少生产！"

董爷爷还是笑眯眯地说："不忙！不忙！"他一边说，一边从墙上取下一架铁夹子，又在床底下掏出一块木板。收拾停当以后，董爷爷歪了歪嘴，对我说："咱们走吧！"

李伯伯说："你想带孩子一起去，行吗？"

"没问题！"董爷爷说，"黑瞎子碰上我，命都不要了，还敢啃小孩？"

我们来到山上，照着老办法，弯着腰一边走一边看，找黑熊的脚印。大约走了五六里路，在一处只有桦木的地方，董爷爷埋下了他的大铁夹子，大铁夹子上绑了一根钢索。

这一回，可不是把钢索绑在一根木棍子上了。

董爷爷选了一根粗树，将钢索紧紧地缠在上头。一切都办好了，董爷爷才战战兢兢地踩开那个危险的铁夹，用手从夹底下将活扣扣上。

董爷爷从怀里取出木板，给我看上面写的几个大字：

兽夹危险，行人绕路！！

他把这块木板挂在铁夹前头一棵显眼的树干上，对我说：“这种兽夹很厉害，人踩着可不得了，只能安放在行人少的山上，同时也只能对付像黑瞎子这类凶猛的野兽，因为猎枪有时候也逮不住它们哩！下好兽夹，咱们就到车间去，通知车间所有的同志，千万别往桦树林子的小山上跑。”我觉得老人家做事情真稳当！

第二天早晨，我还躺在床上，就听见小赵叔叔大嚷大叫跑来了：“黑瞎子给夹住了！”

嗬！小赵叔叔还扛着一把双筒猎枪哩！

董爷爷脸也不洗，怀里揣上一把刀，朝外就跑。我也连忙穿好衣服，跟着他们去。我又怕又高兴，这一下可以看见大黑熊了。

果然，老远就听见大黑熊的吼叫：“啊呜！啊呜！啊！啊！啊呜！”真了不起，这叫声光听听就叫人寒心。

黑熊看见我们走近，呼啦一转，树林都抖了一下似的，我吓得寒毛都竖起来了。董爷爷两眼瞪住吼叫着的黑熊，一把拉着我的手说：“别怕别怕，它给夹住了，夹得牢牢的，跑不了啦！瞧你怕得手都凉了！”

我实在害怕，它每叫一声，我全身总要战栗一下。

这是一条了不起的大黑熊，全身是浓黑的直竖的鬃毛，张着血红的长满尖牙的大嘴，一只脚掌给大铁夹牢牢夹住了，在淌血。不过，我相信，只要夹子松开，它马上就会冲过来，把我们三个撕碎的。它一定愤怒极了，两只眼睛都闪着红光。

小赵叔叔要开枪，董爷爷说：“慢着！让我来！”

董爷爷取出刀子，砍下一棵手臂粗的树，又找了一些鲜藤，将刀子紧紧地绑在树干上，做成一把扎枪。他一边做，一边嘴里念叨：“好吧！你别凶，瞧着吧，看我怎么收拾你！”

那黑熊也像懂得人话似的，发出怕人的凄厉的吼叫。

一会儿，刀子绑好了，董爷爷双手握紧扎枪，叫我和小赵叔叔站远点。这时，他忽然变得像一个年轻的勇士那样，灵活利落，直向黑熊冲去。

好家伙！一场战斗开始了。

只听见一片吼声，树林都给震动了，我的眼前只见一团团黑黑的影子，分不出哪里是董爷爷，哪里是黑瞎子。

董爷爷不再是平常的老迈的样子，战斗使他变得矫健、勇猛。忽然他跳出了战斗的圈子，向我们走过来。“休息一下！”他说。

董爷爷坐下来直喘气，两眼仍然瞪住那只黑熊。

黑熊显然受了伤，但是它还和先前一样威风，气力十足，疯狂地咆哮着。

董爷爷头上直冒汗，他也不揩揩。他发现刀子上的藤条有些松了，便解下来，准备重新绑一下。就在这时，只听“哗啷”一声，黑熊忽然站起来，一个转身，跑了！

董爷爷“哎呀”一叫，以为黑熊松脱了铁夹朝我们冲过来了，就猛然朝我身上一挡，想保护我……

“轰！轰！”小赵叔叔的枪响了！

枪没有打中黑熊，它已经朝林子左边的河道逃跑了。董爷爷叫了声：“糟糕！”他拾起扎枪，把刀子绑起，招呼小赵叔叔和我："不怕！不怕！这家伙的一只脚爪子断在铁夹子里了，它跑不远的，得追上它！"于是，我们三个人，放开脚步就追。

我已经跑昏了，远远落在董爷爷和小赵叔叔后面，他们也顾不得我！全副精神追赶那个逃犯。

在一个下坡地方，一个大东西一闪——正是它！

小赵叔叔端起枪，董爷爷大喝一声："我来！"朝前一扎，刺个正着。黑熊也大叫一声，但是没有倒下，用

三只脚跑得飞快……小赵叔叔这回可忍不住了，气鼓鼓地说：“刚才我瞄得正准，不给你那么一挡，早叫它归天了！”董爷爷也气鼓鼓地说：“好好好！下回你来，瞧你的！”

我们又追，追过一条小河滩，追过一座小山冈，追过一片开满小黄花的草地。它，一只生命力强到极点的森林怪物跑在前面，我们三个人追在后面，现在回忆起来，要拍成电影，人家还不一定相信呢！

黑熊越跑越远了。

我们逐渐地跑得慢了。

黑熊见我们追慢了，它就坐下来休息。

我们见它休息，又继续往前追。

我们一动，它也动，我们一停，它也借机会休息。

小赵叔叔急了，又拔开脚步没命地追。

这时候，远远有一座木头房子，房子顶上还在冒着白烟呢！

黑熊向那座房子逃去。

董爷爷一边追，一边气喘喘地说：

“那……那是小……小张会计住……住的地方，他……他……他和刘知贵住……住一……一……一道，孩子，你……你……累吗？”

我说：“喔！喔！我……我……我不……累……”

黑熊逃进那座房子，仿佛从一个窗口跳进去了。

“孩子！你……你瞧见没有？好……好像黑瞎子跳进去……去……去了！”董爷爷问我，我点点头。

“是，是！我……我也看……看见它跳……跳到屋子里去……去……”小赵叔叔说。

我们三个满身大汗，气急败坏地总算追到屋子前面了。

黑熊不见了！

嗯！我们亲眼看见黑熊从窗口跳进去的。

“找！”董爷爷下了命令。

董爷爷端着他的扎枪，小赵叔叔端着他的双筒猎枪，我跟在他们后面，一步一步地东张西望。走近一个窗口，什么也没有，再走近一个窗口，忽然一个人头伸出来。

“呵！”那人吓了一跳。

我们也吓得往后一跳，以为是黑熊出来了呢！

那人果然认得董爷爷：“老董头！干吗弄得一身血，还拿着扎枪？”

董爷爷很着急地说：“小张！别说傻话，你见到一只黑瞎子没有？”

“我在后房算账，好好的哪来什么黑瞎子！”

“我们追到这儿，亲眼看见它跳窗子进去了！”董爷爷说。

“呵！有这样的事？”小张叔叔回身一看，什么也没见着。他摊开两只手对我们说：“我就在后房里算账，有东西跳进来，我还会不知道？”

小赵叔叔说：“咱们找找看。”他不管三七二十一，就把我从窗子口递进了屋，他和董爷爷也跳了进来。

小张叔叔叫我们歇歇，倒茶给我们喝。董爷爷一大口把茶喝完，便弯着身子用扎枪朝床底下试探。我和小赵叔叔还端着茶杯慢慢喝的时候，猛然，床下跳出那只黑熊，“啊呜”一声，从窗口跳出去逃走了。

就这么一刹那，我们三个人还都来不及准备，黑熊第二次又逃掉了。

“啊呀！啊呀！吓死我了！它，它真躲在我床底下啦！怎么我在后房没听见声音呀？”小张叔叔说。

“你呀！”董爷爷把扎枪朝地下一摔，说，“天塌下来你都不知道！……唉！这下可跑远了，我也追不上了。孩子！瞧见了吧？我们两只脚的力气没啦，它还有三只脚咧！咱们饶它一天吧！……唉！小张！有什么吃的没有？咱们从早上到现在还没有东西进肚呢！今晚上得在你这儿住下啦！反正它跑不远，明天再收拾它。”

我们真在小张叔叔这儿住下了。

第二天，我们过河走不多远，就在密密的松树林底下，找到了这只顽强的老黑熊。用不着小赵叔叔的子弹，因为它已经死了！

第三天，林子里的工人叔叔才把它抬回车间，大伙儿又有熊油和熊肉吃了。

在河岸上

小赵叔叔有事要到七车间去，他决定带我一起去。

我们是坐小火车去的。一上车，我迷迷糊糊的，不知道怎么就睡着了，小赵叔叔把我叫醒的时候，到站了！

在七车间的办公室外边，我等了半个多钟头，小赵叔叔把事办完，我以为这下可以看看这儿出名的大储木场了，谁知小赵叔叔又说有要紧事，得马上回去。

回去？自然是坐小火车最快当了。我们急急忙忙往车站跑，七车间办公室离车站只有一里地，下了个小山坡，就看见小火车冒着白烟来了！呜！呜！呜！呜呜！从红松林子那边拐过来了。

小赵叔叔说：“快！快！快跑！”他一只手提着公事包，一只手抓住我的胳膊，我跌跌绊（bàn）绊地追随着他，跑呀，跑呀，总算跑到车站了。哎呦！不迟不早，就在我们喘着气跨进车站大门的时候，轰隆……呜！呜！呜呜！……小火车开走了！

小火车走了，就这样开走了！

“怎么办呢？”我问小赵叔叔。

“走！咱们走回去！等下一班车太晚了，走回去还来得及。”

我朝小火车开走的方向看，小火车已经不见了！在苍绿的红松树梢和紫蓝色的天空之间，只留下给微风逐渐吹淡了的灰白色的烟。

“怎么样？孩子！行不行呀？”

“啊！行！行！”就这样，我们开始走了，不过不是沿着小火车路走，小赵叔叔说另外有一条路，比较近，走得快，能赶回去吃晚饭。

走！走！走！

我们走的尽是山路，从这个山冈，到那个山冈，都是采伐过的林子。不过，这些地方，不是光秃秃的，而是新培育的整整齐齐的幼林，每棵树已有五六米高了。

我仔细地看看，觉得有点奇怪，山上种的是一种树，山腰种的是另一种树，山底下又是一种树。“为什么不种同样的树呢?”我问小赵叔叔。

小赵叔叔说：“你不知道，树也有树的脾气哩！樟子松喜欢干爽的地方，所以把它种在山的上部；红松喜欢土壤深厚湿润的地方，就把它种在山的中下部；这些落叶松呢，就喜欢在山的下部，如果种在它们不喜欢的地方，它们就生长得慢，生长得不好。你看这些幼林，长得这么好，就是培育得法。采伐和培育都是重要的工作，采伐木材是供应国家当前建设的需要，培育幼林是为了国家的长远利益哩！孩子，你不知道呀！咱们小兴安岭林区，解放前受日本帝国主义和国民党反动派的抢掠破坏，很多原始森林，变成稀疏低产、经济价值不高的次生林，有的地方简直成了荒山秃岭……解放以后，我们党非常重视育林工作，培育幼林比采伐更快，改变了我国历史上只采伐不培育的情况，这样，森林可以延续不绝，源源利用。”

啊！森林里除了采伐，原来还有这样重要的事。“不过，为什么咱们车间不培育幼林呢？”我又问小赵叔叔。

小赵叔叔笑着回答：“咱们车间的条件、土质和树种等情况跟这里的不同。他们采用的是人工培育幼林的办法。咱们车间的树，天然下种的能力强，采伐的时候，只要保护好原生幼树，同时留好母树，清理好林场就行了。这种办法叫作天然促进更新。孩子！你怎么没注意咱们采伐过的林子，都留有母树和原生幼树呢？”

这一说，我真的明白了！

我们走呀，走呀，前面是个遮住了半边天的大树林子，从那边隐隐约约地传来“轰隆隆”、“格格格”的声音。小赵叔叔说：“这是红松林子，正在采伐！”

走进去，果然看见工人叔叔们在伐木。他们有的使用手锯，有的使用电锯，有两个人一起锯一棵树的，有一个人单独锯一棵树的。工人叔叔们打着赤膊，还锯得一身汗；一边使劲拉锯，一边大声哼哼。他们都散开工作着，各人的距离相当远。树放倒时的轰隆声，电锯的格格声，和收集木材的拖拉机的马达声，只有走近了才分辨得出来。

“有意思吧？”小赵叔叔大概瞧我愣了，便这样说道。

我点点头。真的，我不知道怎么回答好了。

我们又继续走路。

走，走！

走，再走。听到斧头砍木头的声音，听见拉大锯的声音，听见钉木板的声音。

不！不是伐木。

原来，小山冈上有一幢幢散发着松香气味的房子，地上堆放着许多大木头和锯成一块块的薄木板，刨花、木屑渣渣，到处都是。

再走过去，我们看见八九位叔叔，正在盖一幢未完工的房子，有一位叔叔，站在房顶上，远远地跟小赵叔叔打招呼：“上哪儿去呀？”

“回五车间。”

“这小子谁的?”

“我们陈同志的。”

“你们还没吃东西吧?等着,我就下来!”只听呼的一声,这人从梯子上爬下一半,就往下跳,搭着小赵叔叔的肩膀,走到一个大帐篷里去。

那位叔叔和小赵叔叔不知说了一些什么,便走出去,提了一壶开水,端了馒头和热汤进来。

“吃!”他对我说。

我看看小赵叔叔,他笑了,说:“吃吧,孩子!别怕,他是个大老粗。”

那叔叔走过来就是一巴掌,打得小赵叔叔馒头都掉在地上了,他还是笑哈哈的:“老粗!你说我老粗?代数几何都学完了,咱俩来考一考!”

这叔叔学过代数几何,真想不到。原来,他跟小赵叔叔是老朋友,看他们说话那么大声大气的,不明白的人,还以为他们在吵架呢!

吃完饭,我们又得赶路了。那“老粗”叔叔在我手上塞了一件东西,吓了我一跳,一看,原来是只香喷喷的烤松鸡。

我回过头找“老粗”叔叔，他向我做个鬼脸，像猴子似的爬上房顶去了。

“还有三十里。”小赵叔叔在一个钟头以前就说过了。

我现在问他，他还说：“嗯！大约还有三十里吧！”

这样一来，好像世界上就没有算术，没有加法和减法的了。

不用看我就知道，脚底板上已经起了两个大泡，仔

细检查的话，还可能找得出一些小泡。痛，我是忍得住的，用不着咬牙就忍住了，也不用一拐一拐地做出难看的样子。不过，我实在累了。腿肚子这一部分，不是痛，是酸，加上一点胀，就影响了我的眉毛。

我的眉毛不听话，老是想挤在一道皱起来。我下决心睁大眼睛，要乐观起来。我要自己想一些有趣的事，譬如在学校跟张铁柱摔跤，过春节时跟姐姐上厂甸买大关刀。但是，慢慢地，慢慢地，眉毛又皱起来了……唉！

偏巧，每一回我乐观的时候，小赵叔叔都不回头；等到我一皱眉，他就回过头来瞧我，好像约好了似的。所以这一路上，我就给他留下一个老是皱着眉头的坏印象。

我们来到一条小河边上。

河不深，河水清亮见底，我们脱了鞋，蹚水过河，走到河中心，又用手绢洗了几把脸。我捧起一捧水正想喝下去，小赵叔叔说："孩子！千万不能喝！喝了要拉肚子的。"

过了河，小赵叔叔说："好！咱们休息休息吧！大约还有三十里路要赶呢！"

听了这话，我仿佛有一颗沙子卡在蛀牙里似的，连脑门都胀出火星来了。"三十里，这个永远走不完的三十里，总是这个三十里！"我大声地说。

小赵叔叔哈哈大笑起来，他说："这也值不得恼火。孩子，想想看，森林里的生活有多少比这个更讨厌的！无穷无尽的虫子，一年中有半年多的大风雪，接着夏天来了，又是下个没完的雨，到处是水坑、泥浆，那时候要你走三十里呀！……唉！"小赵叔叔的脸上失去了笑容，停了一下才又说："我们有时干了一天活，累得很，正舒舒服服地躺在床上，半夜三更却被叫醒了，钟响了，发现森林失火了，在哪里呢？五十里？一百里？一天、两天、三天，去跟火这个妖魔战斗，直到把它打垮为止。火也讨厌得很呵！

"孩子！想想看，这是为什么？是什么东西使我们迷上了森林？

"在森林工作，想想看，哭哭啼啼的人行吗？动不动就恼火的人行吗？……”

小赵叔叔的话使我全身都发起烧来。

接着他又说：“孩子！老实告诉你吧，到车间只有七里路了！坐一坐，可以慢慢地走回去。”

不知道为什么，这时候我才真的想要哭起来，我使劲地咬住嘴唇，不让自己流出眼泪。

是呀！我多怯懦呵！多少爷爷伯伯叔叔长年在这儿生活、工作，像我这样行吗？我还说长大了要做林业工作者呢！

……

“孩子！你听，这是什么声音？”

的确，远处传来轰隆隆的震响。

“不是打雷吧？”我问。

小赵叔叔站起来说：“是搬家的大车队来了！”

一会儿，果然从对河林子后面，扬起一阵尘土。大队的骡马大车，满载着粮食和其他东西来了。

到了河边，骡马嘶叫着，吃惊地踢着腿，不肯过河。

站在大车上的叔叔们，扬起鞭子，大声吆喝，吆喝这些胆小的牲口。有的人跳下来，使劲地抓起马笼头朝河里走。

第一匹马下河了，接着第二匹也勉强地下去了，大车也摇摇晃晃地笨重地跟了下去，河水给溅弄得哗啦响，清澈的水变得混浊了。牲口走几步，又低头喝喝水。有的踩着了河底的石头子，脚一歪，身子站不稳，慌张地蹦跳起来，溅起了大片的水花。大车给弄得歪歪斜斜的，眼看粮食要给弄湿了。赶车的叔叔像个指挥官似的，吆喝了一句什么，扬起鞭子，啪！啪！牲口们劲头来了，挺起脖子，拔开腿，一下便过了河。每一辆大车过河都惹起一阵子惊慌，一点点混乱，但它们终于平平安安地过了河，来到我们的草地附近。

几十辆骡马大车，顿时使河岸变成了集市。赶大车的叔叔先忙着喂牲口，然后自己到河边洗擦。

“上哪儿去呀？”小赵叔叔问一位叔叔。

“九十公里！”

“郑得才是你们车间的吗？”

“他早在九十公里了。”

“过去十多里，有人在盖房子，那儿有茶水，上那儿歇歇去吧！今天怕得干通宵吧？”

“不要紧，有月亮！”

一辆又一辆，十辆、二十辆，所有的大车都走了。

骡马的嘶叫，浓烈的草料气味，都没有了，一切景象又还原了。河岸上只留下一堆堆的马粪，一大片马蹄和车轱辘的印子。河水恢复它的清亮，平稳而安静地流着，流着……

车队的声音微弱到再也听不见了，小蓝鸰（líng）雀不知道躲在哪里轻轻唱了一句：“寂儿之……耶！”就飞走了。

我们又重新出发。我已经精神百倍，小赵叔叔让我走在前头，他说：“这是卡尔太河，这个小河岸像个交通中心站。有一回我赶巧碰到几个车间搬家，骡马大车队同时打这儿经过，呵！比刚才热闹多了，就像一座天上飞来又飞去的城市一样。”

太阳光微弱了，林子里渐渐暗淡下来。森林的秋天来得早，初秋的凉风吹动着每一片开始变黄的叶子，飒飒沙沙地像快从枝丫上摇落下来。小赵叔叔说："孩子！可惜你快要走了，不然，你看看我们秋天的森林。呵！过不了半个月，所有的落叶树的叶子都黄了，金黄金黄的，一点不假，就像金子一样，你想想，整个林子是金黄色的，该多么好看！"

呵！我叹了一口气！呵！可惜我看不到美丽的秋天的森林了！

我在地上捡起一小片还没有变成金黄色的落叶。

"看不到森林的秋天可惜，看不到森林的冬天更可惜！"小赵叔叔自言自语地说。

"怎么？冬天有什么好看的？"我说。

"冬天，这儿特别冷，气温往往降到零下十度，零下二十度，零下三十度，零下四十度……大雪小雪下得没个完，大森林给白茫茫的冰雪裹住了，树丫子挂满雪花，树底下是一条无边无际的冰雪地毯，把草原、山坡、河道连成一大片。那时候，是咱们的黄金季节，咱们赶那季节，在山坡造'冰雪滑道'，把大量采伐好的木材，像小孩溜滑梯那样，顺冰道滑放下山，你看过流放木材，可冰雪滑放比流放更热闹有趣，效率更高。木材滑放下山，再由拖拉机从冰雪铺平的河道上运出森林。冬季，是集材最好的时候。一个冬季，要把全年的集材计划完成，这是大事情呀！此外，所有车间一年需用的东西——粮食、器材等，也得在冬季赶运进来。冬天，咱们忙得那样儿，你想都想不出。有时候为了浇冰道，大伙儿通宵地干。那个冷呀，就不用说了，可冷得有意思，人就快活了。你说对不对？”

如果下回爸爸再让我到森林里来，我一定要冬天来，我默默地想着。

再走不久，我们就回到了车间。

爸爸说我走累了，很早就要我上床睡觉，可是我却睡不着，一直想着路上小赵叔叔给我讲的话，我将永远记住这些……

林中小屋

有一天黄昏，大家都吃过晚饭了，草坪上很热闹。走近一看，原来有一位阿姨在搭白幕布，小赵叔叔他们正在帮她的忙；还有一位叔叔在装放映机，好多人都围着瞧，要放映电影了！我也想钻过去看看，只听见有人叫：“孩子！孩子！你爸爸找你！”

我一口气跑进爸爸的房间。爸爸说：“孩子！明天你去不去一个好地方？”

嗯！好地方？什么样的好地方？我问爸爸：“是一个特别的地方吗？是我没见过的吗？”

“自然是你没见过的喽！”

“了不起的好地方吗？”

“了不起！的确是了不起的好地方！许多东西你从来也没见过，应该去看看！”

我高兴得了不得，我知道爸爸总不肯把事情说透，他故意不说明白，好让我看到了格外地高兴。

“我去！我去！”我连连说。

“好吧！明天早上，你就跟这两位叔叔一道儿出发吧！”

房间里没有点灯，光线很暗，我没想到这里还坐着两位穿制服的叔叔呢！

两位叔叔大概看出我有点尴（gān）尬（gà），笑嘻嘻地瞧着我。

“叔叔，你们好！”我走过去跟他们握手。

“呵！孩子！你好！”他们亲切地叫我。

“你们是解放军叔叔吗？”

“差不多！”那位高个子叔叔笑着回答。

“怎么差不多呢？”我很不明白。

“我们是森林警察，保护森林的。也当过解放军。”

爸爸点上灯，我看到他们原来都带着自动步枪，打着绑腿。对了！他们的裤子是深蓝色边上有条红线的，跟我们北京的人民警察叔叔一个样儿。

“走五六十里路，你行吗？”另一位个子矮点的叔叔问我。

“行！我想，行！”

矮叔叔说：“不过，明天的六十里不是普通的六十里，那叫作‘橡皮里’，要多长就有多长，你受得了吗？”

我不怕走路，我走过远路的，就说：“没问题！”

“好！讲定了！”爸爸说，“明天一大早就跟两位叔叔走，今晚上是看电影还是早点睡觉呢？”

爸爸用商量的口气问我。我知道他是要我早点休息，我决定不看电影了，等两位叔叔走了以后，我马上上床睡觉了。

太阳还没照进林子，我们就出发了。两位叔叔都很和气，高个的姓陈，矮个的姓刘，他们都是爸爸的好朋友，这次顺便带我上他们“家”里去做客。

一路上，他们同我谈北京，问我学校里的事，问我喜不喜欢森林。我们谈得很高兴。

“叔叔！和你们住在一起的有多少人呢？”

“五六个人。”

“有邻居吗？”

“嗯！有数不清的邻居。”刘叔叔怪神秘地眨着眼睛。

“是人吗？”我感到很奇怪。

“树呀！狼呀！老虎呀！黑熊呀！还有小灰鼠呀！山鸡呀！蘑菇呀！人参呀！风呀！雨呀！大雪呀！各种淘气的小虫子呀……”

“没有别的了吗？”

“有，还有我们最好的朋友，就是它！”陈叔叔举起他的自动步枪。刘叔叔也笑起来了，他接着告诉我：

“坏蛋、特务想方设法地从飞机上降落到大森林里来，他们带了毒药，放火的东西，打电报的东西，想干坏事……我们得时刻提防他们，消灭他们！

“只要在森林里点一根洋火，燃着了野草、枯树枝，整个一二百里地的大森林，就会燃烧起来，祖国价值千百万的财富，在几天之内就会化为灰烬。

“有时雷电或人们麻痹大意也会引起火灾，这些，我们都得管，不论春夏秋冬，不论天晴、下雨雪还是刮大风，天天都得在防区走一大圈，骑着我们的马，带着我们最忠实的伙伴：两条大军用狗‘黑箭’和‘追风’。”

“很厉害的狗吗？它们会不会咬我？”

“不！”刘叔叔说，“它们分得出好人和坏人的，是受过严格训练的好帮手，我们不下命令，它们是不会动手的。”

“那不怕特务用枪打死它们吗？”

“哈！别担这个心。不怕的。当他举起枪的时候，我们的‘黑箭’和‘追风’已经咬住他的喉管了。自然，不会咬死他的，我们要捉活的。”

“你们住得这么远，怎么运粮食呢？”

“咱们有马，冬天，可以从河上用爬犁把粮食拉到那儿去。”陈叔叔说。

“没有河的地方呢？”

“没有河的地方就用马驮……你不知道，我们那里除了外面运粮食来，自己还有许多东西是吃不完的呀！”

中午，我们在草地上稍微休息了一下，刘叔叔说：“咱们喝点水，吃点饭，继续走吧！”

我想，这是大森林，已经四十里过去了，哪里找地方吃饭呢？后悔没带几个馒头来！

我们走进一个大杂木林里。

杂木林里有各种各样的树，最奇怪的有一种叫作黄菠萝的，它的树身看起来很粗糙，摸上去却不扎人，用手指使劲按一下，感到它有弹性，像回力球鞋的鞋底那样。还有一种树叫桗（sè）木，陈叔叔告诉我，它和黄菠萝一样，质地又坚固又细，是军事用材，价值很高。嘻！如果不是陈叔叔告诉我，我真瞧不出这些黄菠萝和桗木会这么棒呢！

再走走，看见前面有一幢小屋子。

不！不能叫作一幢，应该叫作一间。也不对！这都说得太大了。

一只？自然不行！一架？也不行！其实叫作一颗倒比较合适。在大树林子底下，它就像一颗松球似的。哈哈！一颗小屋？李老师要是听见，准给我打个两分，世界上真不会有人把屋子叫作一颗的。

走近一看，这屋子只有一张双人床大，完全是用一根根手臂粗的树丫子搭成的，搭得很牢固，很好看，它和周围环境的色泽几乎分不出来。

“吓！主人不在家？”

“当然不在家！”刘叔叔说，“他八号那天出去的，今天十二号，已经五天了。”

“你怎么知道主人是八号出去的呢？”我问。

“瞧！门楣上这排算盘珠子似的东西，每过一天他就拨一颗到左边来，他出门那天刚好是第八颗。”

唔！我想，如果哪天忘了拨珠子，不就天天都搞错了吗？我就说：“他天天这样做吗？忘不了吗？”

“忘不了！”陈叔叔说，“这个主人常年在山上住，他习惯了，这就是他的日历。”

主人不在家，但是门没有锁。我问叔叔这是什么道理。

“干吗锁门呢？这里是很少有人来的，进去吧！”

呵！居然还有个小窗门，一座小土灶，还通着一根烟囱。一张木架子搭的床，上头搁着个卷起来的铺盖，铺着几张大概是用作床垫的兽皮。

床上还有一个胀鼓鼓的口袋，几个罐罐，一瓶油，一个小木柜子。

板壁上挂着捕兽的铁夹子和网绳，还挂着一串干辣椒和几大块肉干。

两位叔叔开始煮饭了，用的就是那个口袋里的米。我心里想，这怎么可以呢？还没问过主人就动手拿……

陈叔叔出去了一会儿，不知道从哪里提了一罐子清水回来。

我插不上手。叔叔叫我躺在床上休息休息，我不想睡，就坐着东看西看，不看还好，一看可看出好笑的事情来了。

原来，床沿和床脚跟，都长着蘑菇，一些挺逗的蘑菇，有红的，有黄黑色斑点的，还有和白胡子一样一把把的。哎呀，蘑菇长到床上来了！再抬头一看，天花板上也有，墙壁缝里也有，五光十色。我最喜欢那种矮矮胖胖的，像个小娃娃拳头般的蘑菇。

我喜欢它们，可不敢摸它们，上次董爷爷说过，蘑菇很多是有毒的，有的还有剧毒，吃了会全身肿胀而死。

刘叔叔还去割人家的肉干，切了一盘，烧红了锅子，又摘下挂在板壁上的干辣椒，放到油里炸……哎哟！这一炸，满屋子都是白烟，辣味呛得大家直打喷嚏，我连眼泪水都流出来了，急得连忙往门外冲。

屋子外头好亮，太阳从不大浓密的树丛中照下来，金光闪闪。天气不热，空气又清，又甜。

小屋子真好看，屋后，高高翘起的烟囱冒着白烟。仔细一看，墙上和屋顶上也跟屋内一样长着蘑菇，还有些嫩绿色的草叶，它简直就像一棵树了！

我越看越好笑，越看越奇怪，我要编一个童话故事，说说这个长蘑菇长树叶的小屋子，说它开花啦！结果啦！结一种小屋子似的比糖还甜的果子……

“孩子！吃饭了！”陈叔叔叫我。

“饭多香呀！是什么肉这么好吃呀？”

“鹿肉，鹿脯，你吃过没有？”

我忽然想起口袋里有三根香肠，是爸爸给我的，连忙取出来分给大家，一人一根，吃得真高兴。

吃过饭，洗过碗，熄了火，并且彻底检查过，一切都安排得和原先一样，我们就拉上门，继续走路。

我问陈叔叔是不是跟小屋的主人很熟，陈叔叔说：

“是老同志，还能不熟？你大后天就能见到他，每半个月，他要上我们那儿领些粮，办点事。大家都叫他郝老爹，是个退休的伐木工人，老婆死了，儿子在伊春土产公司工作。他在城里住不惯，就回到森林里来。他跟老董头一样会逮野牲口，现在是我们区的防火委员，工作可认真啦……”

太阳还没落山，我们就到了目的地。

在丛林里面，这座房子只露出个尖尖的屋顶。当我们走近的时候，里面忽然窜出两条大狗，向我扑来，我魂差点吓掉了。这时，刘叔叔走过来，说了句什么话，那两条大狗就驯顺地摇起尾巴来，还走到我身边嗅来嗅去。我不放心，还是躲躲闪闪的，陈叔叔叫我别怕，说它们习惯了要嗅嗅陌生人的味道，以后就熟了。

房子前面，有几位叔叔在欢迎我们，他们接过我们的背包，进了屋，又争着打水给我们洗脸。那两条大狗就来来去去地跟着转。

我试着叫叫它们，我早就知道它们的名字了。但是它们还在生我的气，嘴里咕哩咕噜地不知说些什么，我不敢再惹它们，也不敢随便走动，连上茅房都要刘叔叔陪着，我害怕这两条大狗在主人不在的时候咬我。

太阳落山了，先是一群又一群叽叽喳喳的鸟，热闹而快活地飞回它们的窝，整个林子响起鸟儿合唱的歌声。渐渐地，天色暗淡下来，就只剩下一两只小鸟寂寞地啼叫着，树林子安静了，夜幕落下来了！

吃过饭，叔叔们说我走累了，要我用热水洗了脚就上床睡觉。他们让我睡一张大架子床，兽皮的垫子又软又暖，简直把我当贵宾招待了，使我怪不好意思的！

叔叔们和我谈着话，渐渐地都睡着了。我先是睡不着，总听见马打鼾的声音，又听见有两位叔叔在过道上走来走去，有时轻轻地检查自动步枪的枪机，大概是在值班。

黑熊皮有一股蜜糖似的浓浓的香味，我渐渐地入睡了。

睡着还没多久，突然，我被吵醒了。狗在外面叫得很厉害，叔叔们全起来了，就像变魔术似的几秒钟内全穿好了衣服，在枕头边取出了自己的枪。

这时，我听见值班的叔叔叫了好几声：“谁？谁在那儿？”

狗吵得厉害。

“谁？谁来了？”

“我！”有人回答了。

“你是谁？”

狗不叫了。

“我就是我！”那人的声音近了。

陈叔叔他们全从外头跑回来了，大家都舒了几口气。刘叔叔说：“好家伙！这老头半夜三更来干啥？”

一会儿，“追风”和“黑箭”伴着一个六十几岁的老头进来了。

“你老人家怎么这时候来？我们差一点……”

“咳！错不了，这两个朋友认得我，它们走近一点就闻出我老头的香味了！”说着，他用手抚摸“黑箭”的头。狗像在笑。

“有要紧事来，出问题喽！”老人接着说，“中午有陌生人上林子里来了。”

我在被窝里听得清清楚楚。

“是吗？怎么样的人？一共几个？”大家也很紧张。

“是外头来的，错不了，瞧这个！”老人家从怀里掏出一件小东西，捏在手上给大家看，还补充道：“这东西这里没有的。”

“什么东西？给我瞧瞧！”陈叔叔说。

老人家说：“我知道，我瞧了好久，又闻了好久，闻出来了，是腊肠头，错不了，在我小屋地上捡来的。”

“哦……”刘叔叔和陈叔叔一起舒了一口气。我也猜着了大半，只是不敢乱说话。

老人家接着又说：“还有女人的胶鞋的脚印，这么长一点点……”

听到这里，陈叔叔和刘叔叔大笑起来。

“别笑别笑！听我说，这不是开玩笑的事。还不止一个女人，总共有三个人，他们胆子大到极点，还在我窝棚里混了一顿饭……”老人家还没说完，刘叔叔马上接着说：“你老人家要看看那个女人吗？”

“呀！逮到了？”

“是！是！逮到了！”刘叔叔把老人家拉到我这边来，我想躲也来不及，他把被子一掀，说：“瞧瞧！是不是这个女人？”

老人家一看见我，什么都明白了。

“好家伙！是你们带他上我窝棚去了哇！干吗不留个记号？害我半夜跑来，好家伙！不依你们！明天得请我喝两斤才行……”

我听见有人在弄饭给老人家吃。

后来我就睡着了。

小三儿

刘叔叔陈叔叔他们一大早就往又深又远的原始森林去巡逻了。偌大的森林，怎么走呀！

不！他们不是步行的，他们有马，有十二匹雄壮的高大的马。他们说这些马比汽车还好，不用喝汽油，森林中到处都有草，它们走到哪里吃到哪里，不愁饿；而且比汽车方便，没有路的地方也能走，一天走百来里是不成问题的。

叔叔们去巡逻了，我怎么办呢？我不会骑马，不能跟他们去呀！

叔叔们不会叫我无聊地待着的，他们带我来时已经想好了，要我在这儿学会骑马。他们有一匹小马，不大不小，我骑了刚刚合适。

小马真可爱呀！它叫“小星星”，是母马“红星”生的，它的毛色跟它妈妈一样，是棕红色的，油亮油亮的。别看它小，腿还长得挺有劲，心眼儿也很鬼。头一回我骑上去，它乱蹦乱跳，欺侮我，想把我摔下来。刘叔叔叫我别怕，叫我要小心，也要大胆，不然学什么也学不会。又教我怎么样用腿夹它的肚子，怎么样勒放缰绳，怎么样上下马。“小星星”果然再不敢跟我捣乱了。

刘叔叔教得好，可以说第三天我就学会骑马了！刘叔叔骑着“红星”在前头，我骑着“小星星”在后头，居然在附近林子里转了好几圈，也没出事。

第四天，轮到陈叔叔休息，他说：“孩子！我带你上远点的地方走走，敢不敢？”

谁说我不敢呀？

我们高高兴兴地出发了，骑着马儿走路可真快呀！一道小河过去了，一片小丛林过去了。

马蹄嘚嘚地响，马儿们跑进一块长着芦苇子的地方。

陈叔叔忽然勒住马，我也照着他那样做。我们两个东张西望了一下，陈叔叔对我眨眨眼，他跳下马，把马轻手轻脚地牵到旁边一棵杨树底下，拴住了。我也跟着跳下来，把“小星星”牵过去。

干吗呢？如果发现坏人，陈叔叔怎么不把枪掏出来呀？他只是叫我细心听，不要说话。

我跟着他，像侦察兵那样慢慢地往前走，走了几十步，才听到前面有什么东西在轻轻叫。

陈叔叔弯着腰，顺着声音的方向，踮起脚尖，一步一步地走去，走到一丛草丛前，他两手慢慢拨开苇叶——

“呵！一只小鹿！”我刚一说出口，就被陈叔叔用大手捂住了嘴。

“别吓了它！”陈叔叔压低嗓门说。

小鹿睁大了一对碧绿的又圆又大的眼睛，瞧着我们，它还不大会走路呢！

陈叔叔也和我一样高兴，可是他说：“咱们站远点等着吧！”

等着？等什么呢？

我跟着陈叔叔来到一座小斜坡上，那里刚好望得见小鹿。

小鹿见人走了，又呦（yōu）呦地叫唤起来，它一定是个乖孩子，很听话，知道妈妈不在家，不能到外头去的。

小鹿多可怜呀！它的妈妈到哪儿去了呢？

森林中多静，连鸟儿也不叫，溪水在远处淙淙地流着，流着，仿佛有人轻轻地在敲小木鱼。

太阳还很高，天气热得很，野蔷薇花的香气沿着地面飘过来，我在哪儿也没闻过这么好的又暖又甜的香味。

陈叔叔两颊绯红，我问他：“你发烧啦？”

他摇摇头说：“花熏（xūn）的，这种香味会醉人。”他躺在草地上，我也挨他躺下。

“孩子！告诉我，你长大了上哪儿去？”

“我长大了到这儿来，我做森林工作，我上你们这儿来。”

“好样儿的，有志气！我等着你，说好了，我等着你呀！……”陈叔叔说到这里，忽然翻过身来，对我做个怪相。

我顿时明白了，向小鹿那边一看，一只大鹿走到小鹿那边去了。

我说：“啊呀！小鹿的妈妈回来了！”

陈叔叔摇摇头说：“不，是母狍子。”

那只大母狍子在小鹿身边慢慢地转了一圈，嗅了一嗅，就站着不动了。那只小鹿多傻呀！当真以为是妈妈回来了，就钻到母狍子肚子底下吃起奶来。

母狍子让它吃，尽它吃，小鹿吃饱了，抖了抖身子，四只小腿晃了几晃，这时，母狍子转过来，拱一拱小鹿的屁股，亲一亲小鹿的嘴，就脚不点地地跑走了。

“看见了吧？多新鲜呀！”陈叔叔笑着说，“就和人一个样子，妈妈不在家，隔壁的大妈就来奶它。多有意思呀！”

我从来没有见过动物这种有趣的事情，要不是亲眼看见，我是不会相信的。

母鹿干吗这时候还不回来呢？是碰上老虎，还是碰到猎人了？

陈叔叔说：“嗯！不知道你愿不愿意，我们把它抱回去吧！”

我高兴得心都快跳出来了，哪还会不愿意？我来不及回答了，一阵风似的跑到小鹿那边，分开苇叶子，一把抱起小鹿，我亲它，紧紧地搂住它。

“快走吧，陈叔叔！咱们回家吧！”

“好！我们三个一起回家去吧！”

陈叔叔一手抱住小鹿，一手拉着缰绳，跑得依然很快，我紧紧地追随在他的后面。

到了家，我们把小鹿抱进屋，它直打哆嗦，陈叔叔叫我抱它到床上去，用被子焐（wù）一焐它。

小鹿冷吗？不！它不是冷，它害怕了，它知道到了陌生的地方了。

没有奶喂它怎么办呢？

管马的叔叔教我调一碗稀稀的面糊，加点白糖，用手指头蘸（zhàn）着给小鹿吃。

我照样做了，小鹿不吃！

叔叔说："现在它肚子不饿，等一会儿一定会吃的。"

过了两个钟头，小鹿果然肯吃了。

天晚了，小鹿跟我睡在一张床上。它小，什么也不懂，睡得很香呢！

又过了一天，有位林叔叔要到车间去办事，陈叔叔刘叔叔就请林叔叔带我回去。小鹿呢？他们用一块包袱把它裹住，只让它的头露在外面，林叔叔把它背在背上。

叔叔们舍不得我，我也舍不得他们，大伙儿送我们到大门口，"黑箭"和"追风"在我的跟前团团转，仰起头瞧我，好像知道我要走了。我跟叔叔们一个个握了手，道了再见，刘叔叔搀我骑到"小星星"的背上，林叔叔也上了马，我们就真的走了。走不了多远，我回过头来，还看见叔叔们站在坡上瞧我们。

我有说不出的难过，一边走一边想，以后我一定会和叔叔们一起工作的，但是这一大片森林，可就不容易见着了，它可能已变成城市了，但不要紧，我一定认得出来的。我知道它在卡尔太河南边八十公里的地方，那时，我会说，亲爱的什么什么城，我认得你，你长得多美，我认得你……

我专心地想着，我编出许多准备以后和这座森林再见面时讲的话……

“孩子！我说你怎么的？跟你说话也听不见，你在想什么？”

我自然不好意思把所想的话告诉林叔叔。

“你瞧！”林叔叔指着前面的大密林说，“林妖在织她的绫罗啦！多好的手艺呀！”

一道道金色的阳光，从又密又黑的森林缝隙里射下来，织成色彩斑斓的绫罗，神话里说，这种绫罗是林妖织的。

笃！笃！笃！啄木鸟在吃早饭，敲它的碗呢！

半路上，林叔叔摘了些特别鲜嫩的草，在手掌上揉（róu）软，揉得淌出青汁的时候，就凑到小鹿嘴边去，小鹿会吃呢！它先是仔细地闻闻，然后用舌头舐。嗯！味道准不错，它就吃了。

骑着马，比走路快多了，回到车间，正赶上吃午饭。

林叔叔找车间主任去了。我怕小鹿饿，立刻抱着它到厨房里去，弄了一点米汤给它喝，它就老实不客气地喝起米汤来。

这时候，董爷爷来了，他的脸色很阴郁，见到我和小鹿，又是高兴，又好像不高兴，我不明白什么道理。

我跟着董爷爷，走到他的小屋里。他对我说：“孩子！我们的小三儿死了！”

“啊！怎么死的？”我吃惊地跳起来。

董爷爷拿着小三儿以前挂在脖子上的小铜铃，忧伤地说：“瞧瞧这小铃铛！你走的第二天，小三儿就没回家吃饭，中午没回，下午没回，晚上也没回。我愁了一夜，心想，它会不会追着你上林子里去呢？不，不会呀！它从来不跟人走那么远的。难道是独个儿出去玩，来不及回来了，半路上碰见猞猁或者狼了？过了三天也没回来，我想，准是给什么东西吃了！

“前天，我上第六车间去，在他们厨房碗架子上，瞧见了小三儿的铃铛，我就明白了，小三儿给人吃了！

“我气得头发都竖起来了，这简直叫人不能相信！谁把我的小三儿吃了！我捏了一把菜刀，要去替小三儿报仇，大伙儿把我抓住……唉！其实想一想，和谁拼命呢？知道是谁呢？

“我说，这是家养的牲口呀！又不是野牲口，脖子上挂了个铃铛呀！怎么就吃得下？那么乖的小三儿……我要他们告诉我是谁杀了小三儿的，他们知道，都不肯说，怕我闹出事情来。

“后来知道了，那人不是有意的，他的耳朵聋，在林子里闯见小三儿，就躲在树后面，等小三儿走近了，就一斧头砍下去，小三儿当然就完了。这时，他才看见小铜铃，知道是我老董头养的，事情搞糟了，自然不敢告诉我啦，就吃啦！

“小三儿和我有多深的交情呀！我能不难过吗？我瞧着它长大的呀……

“唉！事情过去了！我一直担心你回来见不到小三儿怎么办。现在好了，咱们别想这些难受事了，咱们好好地训练训练这条小家伙吧！唔！应该给它取个名字，你看，咱们给它取个什么名字呀？”

“就叫它‘小三儿’吧，怎么样？”我说。

“好！”

于是，小鹿的名字就这样定下了。

小鹿跟我住在董爷爷家，小赵叔叔帮我做了一个小木箱子，里面铺了软软的床，晚上，它睡得挺舒服。

小河边上长着许多肥肥菜，有人也叫苗苗菜，这是一种很好的饲料。我每天大把大把地采回来，切碎了给小鹿吃，有时候把菜拌着泡软的豆饼给它吃，它吃得挺香。刚来的时候它吃得不多，慢慢地，我一天要喂它好几回哩！

没人看着，我不敢放它到外头乱跑。它只认得我一个人，只肯跟我走，见了陌生人就躲，就朝床底下钻，直到人走了才敢出来。

天黑了，我睡在床上，它睡在小木箱子里，我瞧瞧它，它斜着绿色的眼睛瞧瞧我，长长的睫（jié）毛盖着的绿眼睛，又温和又美丽，像是会说话一样：“明儿见！

孩子！你不累吧？我可累了，我玩了一天了。”

就这样，它蜷（quán）起身子，眼皮轻轻地耷拉下来，睡着了！

早晨，它比谁都起得早。起来以后，在屋里蹦腿，跑来跑去，只要我一开门，它就冲出去，它要大小便，它等不及了。

有一天，它病了，这使我很着急。

它生了病，我一看就知道。它的脖子软软的，眼神也没有了，躺着的时候，直喘气，肚子也胀鼓鼓的。

我知道它一定很难受，可是它不会说话，只用眼睛瞧着我：“哎！孩子！我病了！”

我爱抚地瞧着它，说：“小三儿，你哪儿不舒服呢？生什么病了呢？我该怎么办呢？你喝水吗？”

它不喝，连茴茴菜也不闻一闻。

董爷爷回来了，他看了小三儿一眼就说：“谁给它吃窝窝头了？”

我不知道呀！

“它只能吃青草和一点点软豆饼。什么窝窝头呀，馒头呀，大米饭呀，一吃就死！”

听了这话，我心里像打了个炸雷——小三儿要死了吗？

是呀！准是别人给它吃坏了。

我抱起小三儿，揉它的肚子，抱着它走来走去。

我亲着小三儿，湿亮亮的鼻子，这下子变得很干燥，它在发烧。

董爷爷倒了杯温水，加上一丁点盐，慢慢地喂小三儿。它贪婪地喝着。

小三儿喝完盐水，我又抱着它在屋里走来走去，一直走到天亮。

第二天早上，它能站起来了，我抱它到屋外，它拉了很多稀屎在草丛里。这天，它安静地躺在小木箱里，有时喝点不凉不热的盐水。第三天，小三儿的病总算好了。它慢慢地走到我跟前，用头挨我，擦我，又用蒙蒙眬眬的、似乎是刚睡醒的眼睛瞧着我。

原来，小三儿和牛羊一样，是反刍（chú）动物。它们的胃很特别，吃进去的东西，要吐出来再咀嚼一次，然后吞下去。如果是窝窝头等食物，吃进去就“反”不出来了，厉害起来就只好胀死了。

大多数偶蹄类都是反刍动物，只有猪大哥不反刍，虽然它也是偶蹄类。

偶蹄类的动物，性子都是比较温和的，常常受到猛兽的欺侮。为了躲避猛兽，它们都是忙着把青草装进肚子，然后找一个安全的地方，再来细细咀嚼，日子久了，就变成现在这样复杂的胃了。

有时候，你看到牛在牛栏里磨牙，其实它是在吃从外头带回来的青草呢！

小三儿病好之后，我常常带它出去玩，但它是只淘气精，我走在前头，它在后头跟着，一溜烟就不见了。常常是这样，这使我很生气。

小三儿又溜跑了，它上哪儿去了？刚才我还听见它脖子上的铃铛响哩！

我只好在大草地里四处寻找。

早晨，太阳才出来，露水很大，我的球鞋给沾湿了，身上被带毛刺的荨（qián）麻扎得发痒。小三儿呀，你多淘气呀！你藏在哪里呢？

我吆喝着，吓唬它，说不给它青草吃了，不理它了，不管它了，让它给狼吃去……

一点动静也没有——难道它不在草丛里吗？

我来来回回地在草丛里走了几趟，最后发现它原来就躲在我身边的草窝里，它一身一脸都被叮上了草蚊子，一动不动，所以我不知道它躲在这儿。

你猜怎么着？我一发现它，它就顽皮地站起来，也不跑了，只是低着头，用绿眼睛偷偷地瞧我几下，像是说："算了吧！孩子！难道开一点玩笑也不行吗？"

当然喽！如果是真的捉迷藏，那是可以的。不过你也太淘气了，如果我真的找不着你，那怎么办呢？瞧你被蚊子叮得多厉害！

小三儿长得很快，有的叔叔说几天不见它，就觉得它的腿长了，胸脯阔了。真的！我也觉得我的小三儿越长越漂亮了！它的毛，比抹了油还光亮呢！它迈步的姿势，又神气，又大方，即使在跑跳的时候，样子也是十分优美的。

有一天，小三儿从外面回来，满嘴淌着鲜红的血，还蹦呀，跳呀，不知是怎么回事，把我吓了一大跳。

在它的后面，追着一位满头大汗的胖子伯伯，他是昨天才到森林里来的画家。

胖子伯伯说："孩子！孩子！不得了，不得了！喃！喃！"

我简直吓坏了，也着急地追着这只淘气精。它呢？四处乱蹦，弄得我身上，床单上，挂在墙上的雨衣上，都是血。

"哎呀呀！孩子！你的小鹿把我一管朱红颜料咬着走了！"

我到底逮住它了，幸好，它没有把颜料吃下去，只是把嘴染红了一些。我的小三儿是聪明的，难道它还不知道油画颜料是不能吃的吗？

这种误会是常有的事。原先，小三儿只是稍微靠近一点，去看看那是什么玩意儿吧，它又不是故意这样的，你以为嘴巴上涂了油画颜料是好受的吗？

我用草纸给小三儿擦嘴，费了几张纸也擦不干净。后来，胖子伯伯拿了松节油来，草纸上蘸点松节油，轻轻一擦，就擦干净了。

我还挨董爷爷骂了呢！他的印花床单是上星期才买回来的，还有雨衣！唉！要把这两件东西洗干净，得用多少瓶松节油呀！

小鹿回家

快开学了，我要回家了。离开可爱的森林，离开亲爱的爸爸和董爷爷、小赵叔叔他们，心里实在难过，幸好有小三儿陪我一起走。

我们买了两张票，我一张，小三儿一张。它的票比我的大，像发货单似的，它是被当作行李运到北京去的。

照火车上的规矩，行李是装在行李车上的，但这是一种会动、会吃东西的“行李”，需要人照拂它，所以，我也被当作行李坐到行李车里来了。

火车一开，小三儿很害怕，眼睛睁得大大的，不明白是怎么回事，也不知道该怎么办才好。我抱住它，抚摸它，拍拍它。没多久，它就习惯了火车的震动和轰隆隆的声音。

路上，只要一停车，我就跳下车去找青草和茴茴菜给小三儿吃。有些旅客知道行李车上有只小鹿，停车时都到这边来探望一下。

我们到底回到北京来了。我用董爷爷送给我的又软又长的细皮带牵着小三儿，从漂亮的火车站走了出来。

我背着背囊，牵着小三儿在街上走，很多过路人都注意我，发出各种各样的议论：

“嗬！瞧这个小家伙，还会打猎！”

“喂！小孩，这是什么？哪儿买的？”

“它咬不咬人呀？”

“你们马戏团几时演出？”

“嗬！小豹子！”

我们到了家，奶奶、妈妈和姐姐都没想到我今天回来，她们高兴得不得了。姐姐见了小三儿，喜欢极了！

这时候，我们的窗台上趴满了人，赵福生、小宝、李珠、小弟……都不是看我，是看小鹿。

妈妈说：“孩子们！干吗不进来看呀？小心别打烂我们的花盆呀！”

大伙儿冲进屋来，隔壁房间的詹妈妈也抱着小安安来了，见着我就说：“哎呀呀！孩子长高了，长得快有你姐姐那么高了！”突然，她又像给开水烫了似的大叫起来：“哟！这是什么？这是什么？差点吓死我了！”说着就躲开小三儿直往外奔，大伙儿都乐得什么似的。

几天过去了，我们喂养小三儿的工作做得很好。城外有的是野苋菜、地地菜和茴茴菜，还有一种有菊花叶子味道的矮菜，小三儿都挺喜欢吃，大伙儿帮我去采摘，小三儿放开肚皮也吃不完。它一天天长大了，长胖了，背上的小白点子越来越白，黄底子越来越黄。

客人来了，它总是悄悄地走过来，闻闻客人的脚，舐舐客人的手。

它也跟我去上学。上课的时候，我把它拴在校园的老槐树底下，下课了，老师和同学们都来逗着它玩。

我们过队日也带小三儿去。我们打着队旗，在街上走着，后面跟着一只小鹿，真有趣！

小三儿渐渐地长大了，它也认得妈妈，常常用身子去擦妈妈的围裙。妈妈放工回来，准有点青菜或青草带给它吃的。妈妈回来了，姐姐回来了，它就高兴得直跺（duò）脚，我们一家人，连胆小的奶奶，都很爱小三儿哩！

但是，有人开始说小三儿顽皮了，福生的爸说，桂平的妈说，六十多岁的李老娘也说，而且嘀嘀咕咕的，像是商量什么似的。

果然有一天，李老娘气鼓鼓地来了，她满脸通红，一生气讲话也讲不清楚，只叫人听懂一半：

“你家小……鹿把我家种的……小菊花苗子吃光了！你们看怎么办？”说完她踮起脚就走，走到门口又回过头来再说几句：“你们要想办法，要赶快想办法，要不然，我就上居委会去报告！”

我们最怕她老人家。记得去年，我踢足球打坏了她的砂锅，买个新的赔她都不要，直嚷嚷要我们把破砂锅补好，她说她的砂锅是十二年前从南方带来的……

妈妈说：“小三儿闯祸了，我看也得想个办法，它会慢慢像条牛那么大，你们看怎么办？这下子吃了李老娘的菊花苗子……”

怎么办呢？我总不能一天到晚把它关在木箱里呀！

过了几天，李老师替我们写了一封信给动物园，动物园的同志回信说，可以接受我们这只小鹿，但是要先检查检查身体，有病的不要，怕传染。

唉，我们多舍不得呵！

我们的小三儿是头强壮的小公鹿，会变成大公鹿的，会变成动物园里最神气的鹿王的。

有一天，动物园真的派了两位叔叔接小三儿来了，大卡车停在我家门口。

“嗬！这么小丁点儿的小鹿呀！”他们说。我们听了多难过呵！

“不小，不小！”我们大伙儿抢着说，“瞧它的胸脯多挺！长得多神气！多棒！是送给国家动物园的，要不我们还不愿意，还不放心呢！”

动物园的叔叔对我们说：“既然你们小队养熟了，车子也空着，就一起上动物园去玩一趟吧！”

我们相互看了一看。

“上车吧！”叔叔说，“还看什么？”

我们就送小三儿上动物园去了。过去，我们去动物园都是从大门走，这一回走的是另一个门，不用买门票。

下了车，小三儿在我后头跟着，它不用关起来抬着走，因为它不是一只普通的小鹿。

原来，动物园的大夫也穿白衣服。一位大夫伯伯用听诊器给小三儿听心肺，又看看小三儿的嘴巴和牙齿，把小三儿的粪蛋送去照显微镜。“结果良好！”大夫伯伯笑着说。

这样，小三儿就入选了。

它真是什么事也不懂。那儿已经有五只小鹿关在一起，它马上和它们认识了，玩起来了！

我们和它告别的时候，它一点也不难过呢！

我们充满了离别情绪，但我们又是挺高兴的，因为谁都明白，我们的小三儿在动物园里，比在什么地方都好。

我们在假日里常常去看小三儿。鹿苑里面虽然有很多跟小三儿一般大的鹿，但我们一眼就能认出小三儿。它长得真快，一星期比一星期漂亮。它的胸脯挺而阔，黄褐色的毛闪着金光，迈步的时候，又悠闲，又大方。我们每次到鹿苑去，即便隔着铁丝网，只要我一吹口哨，它就飞跑过来，轻轻地用它毛茸茸的角摩擦我们的手，用舌头舐我们的袖子。不过，当别的小鹿咿咿唔唔叫唤它的时候，它就离开我们，跑到同伴那儿，领着大伙儿玩儿去了。

我想，再过两年，小三儿一定更棒了，它将成为雄伟的大公鹿。那时候，它还认得我们吗？那时候，它一定有孩子了，我们会认得哪些是我们小三儿的孩子吗？

好猎人

亲密的邻居

现在我是在一顶帐篷里。帐篷以外是看不到边的几百里阔的森林，我住在这里已经很久了。

我常常看见，在帐篷对面树丛的底下，那三个小草堆的附近，有一个什么小动物的脑袋探出来，探出来又缩进去。有时候是小一点的脑袋，有时候是大一点的脑袋。但是，不管这个脑袋是大是小，它总是睁着一对又大又惊奇的眼睛，对着帐篷瞧，好像在纳闷："这是个什么东西呀？又不像蘑菇，又不像松球。"

好长的时候呀，我们都是这样互相偷偷地瞧着。

春天来了，森林里开满了百合花和金盏花，还有一堆堆的山茶花。太阳从林子的上空射下来，把空气弄得又暖和又充满香味。

这时候，我和我的邻居就相识了。是这样一回事：先是一只像毛线球似的小动物滚出来，黄黄的，长耳朵，接着又是一只，一只，又一只，它们都在开着金盏花和百合花的草地上打滚，一边用小蚕豆一般的小舌头舐百合花上面的露水珠子，一边发出咕咕的声音。它们在笑，它们在高兴哪！

我呢？怕惊扰它们，一动也不敢动，坐在帐篷外面的木头上，心里快活得扑通扑通直跳。

后来，它们发现了我，一个跟一个，跑到我身边来了。它们一步一步迟疑地走，渐渐什么也不怕了，在我的裤脚底下转来转去，用嘴巴吻我皮大衣的茸毛，甚至站到我的皮鞋上来玩。

过一会儿，有个大的毛线球长耳朵的东西出现了。毫无疑问，它是这四个小宝宝的妈妈。

咕咕咕咕……妈妈在叫孩子了！它一定是说："孩子

们呀！快回家吧！你们到哪儿去呀？”

它很快就看见它的宝贝在我脚底下玩着，便更大声地咕咕地叫。

小线球们玩得正有趣，一点也没听见，像我们淘气的小朋友一样，那么大的耳朵，不知给什么塞住了。

做妈妈的大概不是头一回看见人类，所以它不大害怕，也慢慢地来到我的面前。我轻轻地从口袋里掏出半块干馒头，像端着满满的一杯水似的端到它的嘴边去。

它呢？好奇地亲亲那块小馒头，便把小馒头吃掉了。

我们的友谊就这样开始了。以后，我还认识了它们长着灰毛的祖母和有几根胡子的爷爷，还有它们健壮的爸爸。

大概是过了几个月吧，小线球们都长大了。有时候它们玩到晚上，就索性躺在帐篷内睡起觉来。

也可能是小线球们长大了，它们自己的屋子里面睡不下了。

小朋友！你们知道我的亲密的邻居的名字吗？它们叫作山兔子。

小山兔在南方

当我因事离开森林到南方去的时候，我带走了一对小山兔。

南方是我的老家。我的家门前是条小河，屋后有个小山，山坳里栽着一些梨树和桃树，河边尽是竹林子。我相信这一对东北的小山兔，是不会讨厌这个环境的。

我回到家，弟弟们非常高兴，欢迎我，也欢迎这一对小山兔。自然啦！他们跟这对小山兔在一起的机会要比我多了。

家里已经有一群肥鸡，一群大白鸭和一条小黄狗。

这一对小山兔生活得很好，和鸡鸭小狗都没有吵过架。早上，鸭子排着队到河边去，小山兔就跟在后面，鸭子到河里洗澡，它们便在岸旁吃青草。有时候，天上老鹰在打圈圈，鸡和鸭子就大叫起来，小山兔便赶快躲到竹丛里去。它们在竹丛里挖了几个小洞，那就是说，家里有它们的宿舍，外面也有它们的宿舍。

冬天快来的时候，小山兔们都长胖了，常常箭一样地从我面前跑过，追逐着玩。它们再不是孩子了。

有一天，弟弟跑来告诉我，说小山兔跟公鸡打架了。我跑出去看，只见大公鸡在追兔，兔子嘴里衔着一根鸡毛，往自己的屋子跑。公鸡是这样生气，大喊大叫，做出一副要打架的样子。

以后，这样的事情越来越多。这一对淘气的小山兔，胆子大到连狗的毛也敢拔了。姑姑晒棉花，它们也咬着棉花往窝里跑，惹得姑姑也像公鸡似的大喊大叫。

从此，我们的公鸡秃尾巴了，小狗也快秃头了。

姑姑就骂我："都是你不好，带了一对这样怪脾气的山兔回来，把我们的公鸡和小狗弄成了这副丑样子。"

这件事情还没有完哪，兔子开始拔自己的毛了！

爸爸听到姑姑的话，像想起一件什么事，说："咦！我们的小山兔要养孩子喽！这是东北的习惯吧！冬天要来了，要用动物的毛垫它们的窝，免得冻坏它们的孩子。"

经爸爸这么一说，我们才觉得，这几天好像少了一只兔子似的。跑到兔窝去瞧一瞧，果然，像爸爸说的，那只母兔已经做妈妈了，有四只没有毛的小兔子，闭着眼睛，躺在妈妈身边哪！我们一家是多么高兴呀！

公兔子做了爸爸，常常守在窝门口。有一次，那只淘气的小狗跑到它的窝旁边，公兔子便发出咕咕的声音，围着小狗转了几个圈，然后呼的一声，从小狗的头顶跳过去，顺势用后脚弹小狗的鼻子，把小狗吓得什么似的，夹着尾巴逃跑了。

过了一个多月，我搬了一张板凳，坐在离兔窝不远的地方，那四个新到世界上来的小客人，像它们的爸妈小时候一样，也在我的裤脚下跑来跑去了……

再不久，我就离开南方回到森林去了。但是，直到现在，我还想念那些可爱的小山兔。

金花鼠和猫的友谊

在森林里，我的小木屋的窗前，挂着一个铁丝笼子，一只漂亮的金花鼠住在里面。笼子里铺着干草，干草上的小铁罐盛着一些麦粒和碎饼干。

早上，天还没亮，金花鼠便像鸟儿似的叫起来了。

初到森林，我听到这种声音，还当真是鸟儿叫哪！

在我的屋子里，还养着一只猫，是北京一位小朋友送给我的。它长着雪白的长毛，和一条纯黑的尾巴，人们管这种猫叫“雪里拖枪”。这只猫和金花鼠已经成为好朋友了，但在刚见面的时候，却不是这样的。

金花鼠吃东西的时候，不是一口吞下去，而是把东西放在腮帮里，弄得腮帮像两个圆球。有时候呢？它用两只前爪捧住食物，像喝水一样地蹲着吃。

我工作回来，把笼子打开，用条细皮带扣住金花鼠，另外一头扣在我的衣服纽扣上，它就很淘气地在我的口袋里钻来钻去，这时候猫也不再咬它了。

我常常想起从森林把金花鼠捉来的经过，那是非常有趣的。

森林里流行这么一个说法，金花鼠跑起来，“快得像松鼠一样”。可见，要活捉这么灵活的小动物，是很难的。

我是怎样捉来的呢？

我先到合作社买了个鲜鸡蛋，把圆的一头敲一个比松鼠的头小一点的窟窿，留下一点蛋黄在里面。其余的我就煮来吃了。

我把这个蛋壳带到树林子里去，轻轻地竖在有金花鼠脚印的雪地上，自己选一个隐蔽的地方藏起来。

自然喽，我白等了好些次，等了一两个钟头它也不来。可是有一次，过五分钟它就来了。当它发现有这么好吃的蛋黄留在蛋壳里，便非常高兴，又跳又蹦的，把脑袋钻到蛋壳里去吃蛋黄。

蛋黄是那么少，金花鼠只要一口就吃完了。吃完了怎么样呀？脑袋出不来了，像戴上个蛋壳帽子似的，看也看不见。它又慌又生气，一点也不想要这顶帽子。这时我就把它捉到笼子里面了。

回到我的小木屋，我不管它，它自己碰碰撞撞，就

把蛋壳弄碎。于是我开始训练它，先不让它吃东西，等它饿了才开始喂它一点，喂它之前先做一种声音，咕咕或吱吱地叫，让它认识谁在喂它，以后它只要听到这种声音，就知道是我

来了。这是第一课。

接着是第二课。我戴上一副又厚又软的皮手套，把它逮出来，在它的脖子上套上了一条细皮带子。开始它多害怕呀！以为像老鹰一样被吃掉了，它害怕得发抖，用它锋利的牙齿咬我的手。你们知道，我的手是不会出血不会痛的，因为它咬的只是手套。这时候我就递一点点碎饼干给它吃，它生气，偷偷地用眼睛看饼干，跑到饼干面前，又看看我，它看看我是很大方的，不会伤害它，就放心地吃了。

第二天也是这样，第三天又是这样。

金花鼠刚来的时候，我的小猫非常高兴，以为我给它带好吃的来了，直想吃，吓得金花鼠在笼子里乱蹦。小猫在笼子外转来转去也吃不到，便把爪子伸到笼子里去，笼子的窟窿太小，只能进去一点点。这时，我就咕咕叫起来，金花鼠以为是我喂东西来了，见了小猫雪白的爪子，当是好吃的饼干什么的，就狠狠地咬一口，痛得小猫喵喵叫。被咬过这么几次，猫就不敢再欺侮金花鼠了。

于是，我把金花鼠从笼子里取出来，放在膝上，同时，也把小猫放在另一只膝上。头一次我们三个都非常紧张，以后，这样的次数多了，大家就玩得非常好啦！

但是，我上班的时候，却从来不会忘记把金花鼠的笼子关牢。

排球上树

在南方一个大城市里，我到公园去玩，这个公园有许多高大的松树、相思树和木棉树。人们在树底下好像在树林子里一样。

树林子有许多动物，不过都是关在笼子里的。

在一些大树下的草坪上，红领巾们正在打排球。

我按着指路牌的标志，先去看大黑熊，又去看大蟒蛇和张开翅膀有一张床那么大的山鹰……

我一边走一边看，慢慢地就来到打排球的地方。我从来没看过这样阴凉的球场，深绿色的树叶密密地盖在上面，像室内球场。孩子们玩得正高兴，有的脱光了脚，连鞋和木屐都不要了。旁边穿着黑胶绸衣服的观众也是那么热心，帮着输的一边大喊“加油”。忽然，球被弹到高高的树上去了，几十双眼睛都跟住朝上看，等着球掉下来。

但是球没有下来，也没有给树枝挂住，却像神话似的，给什么东西留在天上了。

是什么东西把球托住了呢？

哈哈！是猴子。

高树上都住着猴子，它们给又长又细的铁链子缚着，每只猴子在树枝上还有一所木造的小屋哩！

大概是这样吧：这天早上老猴子起床了，伸一个懒腰，走出屋外呼吸新鲜空气，心里正想着什么花果山，忽然面前来了个又圆又大的皮球，老猴子想也不想就把它接住了。

怎么办呢？你瞧，它两只手捧住大皮球，放在耳旁摇摇听听，又用鼻子闻闻，知道不是什么可以吃的好东西，便连脚带手地抱住，坐在树枝上一动也不动了。

树底下的人可着急呀！他们大叫："猴子！猴子！把球还给我们呀！"

猴子也不知道自己叫猴子呀！

"猴子呀！该死的家伙！还给我们呀！"

猴子听见底下这么吵，把球抱得更牢了。

"红屁股猴子，把球还给我们吧！"

猴子生气了，把牙齿露出来，咯咯地叫，好像骂人："我的红屁股管你们什么事？"

小朋友和观众在底下大声呼喝，想吓唬它也没用，它反正是抱住球不放了。

有人提议拿石头打他，小朋友说：“不能拿石头伤害动物园的动物！”

这时候，管理员来了。他抬头朝猴子看看，叫猴子：“阿三！把球丢下来！”猴子听了，朝底下看看，把嘴巴张开，发出呀呀的声音，好像说：“我知道你是管理员，但这样好玩的东西，我舍不得丢了。”

管理员见猴子不肯放球，好像想到什么主意，往回就跑。

不一会儿，管理员拿来两根香蕉，一边叫猴子，一边把香蕉举起。

大家大声地随着喊：“把球丢下来就给你吃！不丢下来就打你！”

管理员装作打它的样子，并将香蕉朝上抛，猴子看见香蕉来了，连忙站起来，双手去接香蕉的时候，球就从上面掉下来了。

猴子是非常喜欢球的，它知道受了骗，便大叫，还跳着跺脚哩！

捡到球的小朋友又玩起来了，只留下那只懊恼的猴子坐在高高的树枝上，吃着那只用排球换来的大香蕉。

好猎人

我们从原始森林工作回来的时候，在大草地里发现一只小鹿。

多小呀！四只脚颤巍巍地站着，见了我们，它一点也不害怕，还移动小脚向我们走来，把我们当作妈妈了。

我把它抱起来，它就用头朝我的怀里直拱，想要吃奶。是一只悲伤和快乐都不知道的小鹿呀！

我说不出是多么的高兴，我有一只小鹿了！我要把它带回南方去，让它在我的抚养下长大起来。

我问它："你的妈妈呢？你有爸爸吗？他们为什么不

管你把你扔下呀?”它两只碧绿的、明亮的眼睛瞧着我,什么也不懂,只用又红又小的舌头舐自己的鼻尖,它饿了!

我们一行五个人,三个技术员,一个猎人和我。走不到三里路,猎人忽然把子弹上了膛,低声地说:“你们听,是什么?”

“什么?我们什么也没听见。”

“你们再听,是什么在叫?”他微微地笑着。

唔,谁在吹竹筒?这时候,一阵疾风似的,一个巨大的动物跑来了,我们还未看清楚的时候,在离我们十步远的地方飞一般过去了,是那样快,连猎人的枪也来不及举起。“好家伙!小鹿呀小鹿!你妈妈救你来了。”

大约又走了三四里路,那只母鹿又朝我们面前跑过。呀!它像是引诱我们,引诱我们的猎人向它开枪,它轻轻地叫着,翻译成人的语言,那就是:“唉!你们干吗逮我的孩子呀?你们!干吗逮我的孩子?放下我的孩子吧!向我开枪吧!”

猎人的枪响了,但是那只母鹿跑得比子弹还快,一

下子就不见了。

我抱住这只可爱的小鹿，担心给母鹿抢回去似的，加快脚步就走。猎人说：“慢些！瞧！它又来了。”

瞧那只母鹿呀！为了救它的孩子，像下了决心似的，朝我们这边冲过来，低低地、痛苦地叫着：“捂呀捂呀！”

鹿不像老虎，也不像野猪黑熊，它没有锋利的爪子和牙齿，也没有暴戾的性情，它根本是不吃肉的，它唯一的武器就是逃跑。一点的声音，一点的惊动，都会吓得它逃跑几十里路。

但是，为了孩子，你瞧，它第三次跑过来了，喘着气，伤心地、疯狂地叫着！猎人的枪又响了，声音震动了森林，震动了草原。

我紧紧地把小鹿抱向怀里，我们两个的心像溶在一块似的急剧跳动，我暗暗地、抱歉地跟它说：“糟了！我们的猎人把你亲爱的妈妈打死了。”唉！我真有点恨猎人打枪的技术啊！

枪烟消散的时候，我赶快要看一看那为孩子牺牲的母亲。

但是，草地上什么都没有，没有母鹿的尸体，也没有一点一滴的鲜血。

呀——我轻松地呼出一口气。

大家都惊异地朝猎人看，猎人只是微微地笑着，一句话也不说。

技术员小李忍不住了：“喂！怎么啦！老龚头！百发百中的招牌该取下来了吧！”

真的，我们老龚头的枪法，在整个森林里都是有名的，今天怎么没打准呢？

小李又说：“一定是母鹿跑得太快，‘草上飞’！的确是名副其实，连老龚头也打不准了！”

“对！对！打不准！是打不准！……”猎人轻轻地自言自语，眨着温柔而聪明的眼睛，凝视着母鹿逃跑的那个方向。

猴子和先生的故事

从前，是很久以前，那时候我还是小孩子啦！

有一天，我放学回家，弟弟告诉我："姐姐！快点来看，表哥哥送了一只猴子给我们。"

"真猴子还是假猴子呀？"

"是一只真正的活猴子，不是布做的猴子，在院子后面用绳子缚住啦！"

我背着书包就往后院跑。

天呀！是一只多么小的家伙呀！它瞪大了眼睛，见我们走过来，便害怕得发抖。我马上把它抱在怀里，抚摸它金黄色发光的细毛。见到有人爱抚，它显得多么安静，眼光不像刚才那样惊恐了。

我问弟弟："表哥哥还要把它带回去吗?"

"不啦！送给我们了。"

那多好呀！希望有一只猴子已经很久了，我完全相信，可以教会它像人一样吃饭睡觉和做一些把戏。

有一天，我就偷偷地把小猴子带到学校里去了。它躲在我的书包里，一动也不动，我很喜欢它这副懂事的样子。我对它说："到了学校把你装在抽屉里，你不要动呀！放学就带你出来！"它瞪着我，像完全明白似的。

到了学校，进了课堂，谁也不知道我的书包里有一个会动的东西。我打开抽屉，把它放进去。上课铃响了，教算术的刘先生走进课堂。

这位先生很凶，非常喜欢打小孩子，不管男孩女孩都一样打，并且发明许多新花样，打手心不用说了，还打手背，打手指头，打膝盖骨，像打狼一样，那不过是为了我们做不出一道算题，或者同邻座轻轻说了一两句话。

在我们那个时代里，爸爸妈妈认为教育顽皮的孩子，是需要很凶的先生的，他们一点也不知道，这个魔鬼似的先生，是这样敲打他们的孩子的，因为谁也不敢回家说。

我记得，这堂课教的是九九诀，刚好他点上我的名字："你！从五背起，一直背到九！要快点！不准断断续续，听到没有？"我站起来："……五五二十五，

五六三十，五七三十五！”

“嘭！”

“五八四十……”

“嘭！”

刘先生鼓起眼睛：“什么声音？你！”

又是两声嘭嘭！

他跑到我面前，手中捏着一把戒尺，我害怕得很！

“五九四十五！”

“你搞什么鬼！”

“不是我，是……”

“是什么？”

同学们望着我，我打开抽屉，猴子一跳就纵上窗台了。

刘先生也吓了一跳，差一点把手里的戒尺也扔了。他非常生气，大声地骂我，罚我跪在地上晒太阳，还让我头上顶了一个碗，碗里盛了凉水。

唉！这是二十年前的事，那时候的小学生多不幸呵！

我现在已经长大了，到了刘先生这个年纪了。这时候，如果有小朋友带了猴子到课堂来的话，我就会对他说：“多可爱的猴子呀！但现在是上课的时候，应该把它带到校园去，好让同学们下课后一块玩！”

我的老朋友

在外婆家的房子后面，有一条小河。这条河没有什么人来，因为它长着一些藤蔓和一些毒草，四周还有带毒刺的灌木。但它离外婆家这么近，越过一道长满菖蒲的土堤，就能顺利地来到它的面前，这是条秘密的道路。

这条小河，有很多的小虾和螃蟹，还有杨哥鱼，小鲫鱼，“阿胡子”。“阿胡子”是我家乡的土话，是一种鲶鱼似的鱼……

河岸上，蜜蜂成群地飞来飞去，闹得活像一个市场，还有蓝色的鬼蜻蜓和一种我从来捉不到的、令人羡慕的、半根筷子长的大蜻蜓。

我那个时候还小，常常幻想这就是书上讲的童话世界。暑假的时候，我在外婆家，总是瞒着大人，偷偷地带着钓钩到这儿来，一边看书，一边钓鱼。

记得隔壁刘伯伯说过，钓鱼之前撒一把饵在水里面，别处的鱼也会到这儿来上钩的。所以，我一到这儿，就先撒一把饵。有时候撒了饵看见很多小鱼来吃，甚至忘了下钩，这是很好玩的。

有一次，我刚刚把饵下到水里，白色的浮漂就给什么东西拉到水下去了。我想，这一定是一个没有礼貌的客人。我抓住钓竿，并不抬起来，等它游累了再说。我拉它起来一看，原来是条三四两重的阿胡子。它有力的身子扑啦扑啦地直翻，非常生气，发出细微的声音："低的哥，低的哥。"老实说，我看见它腮旁长的两根大刺，的确是害怕的。我总算拿小树枝把它压住，把它制服在草地上了。我瞧着它，它的嘴巴一张一张的，又发出"低的哥"的声音。多响呵！多淘气的小家伙呀！我钓你起来干吗呢？回到你家里去吧！我提起了它的尾巴，把

它扔到河里去了。

第二天，我钓了不少的鱼，最后把饵丢下去的时候，浮漂又猛地下沉。让我不能相信的是，又是昨天那个“低的哥”！我把它拉到草地上，它还是那么生气，嘴巴里又是“低的哥”、“低的哥”地叫。

以后，我常常在小河边钓鱼，钓了不少的鱼，但是，一直都没有再碰到我的朋友“低的哥”。

暑假结束了，我回城里念书去了，将近两三年没有到外婆家里去。在这段时间，我坐着火车到过很多地方，我长大了。

有一个夏天，我又到外婆家来，我想起我的小河和那条秘密的路，又带着鱼饵和钓竿去了。

来到了几年前坐过的草地，我忽然想起我的朋友“低的哥”。它还在吗？我听大人说，鱼也会长大起来的。几年不见，不知道我的老朋友“低的哥”怎么样了。它会像我一样长高了吗？

我坐在河边，整整坐了半天，我钓到不少的鱼，但都是三四寸长的小家伙，我问它们：“你们是我的朋友的儿子吗？孙子吗？你们的爷爷还活着吗？”

见不到老朋友，心里很不好过，我把所有的鱼饵都撒到了水面上。

我呆呆地坐着，坐着，忽然听到水里噗噗啦啦地响，平静的水面冒起一些气泡，隐约间，我看到一条一尺多长的鱼，它的头快要冒出水面，我还看到它的头上有些斑斓的石绿色！

啊！这条一尺多长的鱼，是不是我的老朋友“低的哥”呢？是不是我几年前钓起来又扔下去的老朋友呢？

它知道我找它来了吗？当时，我是相信的。我快活得大声地叫，快活得跳起来，手一松，连钓竿也扔到河里去了。

不管是不是吧！一直到现在，我仍然是快乐地记忆着这件事。

特别节目

我跟着调查队到原始森林去了一个多月，昨天半夜才回到局里，累得要命，本想好好地休息一下，但是，天还没有亮，就听到有人在打鼓吹号，咚咚嗒嗒的，把我吵醒了。

我穿好衣服，推开面对着小学操场的窗户一看，哎哟！那么多的红旗绿旗呀！一个个的男老师女老师，带领着穿着短衣短裤的小朋友们沿着操场开步走。

这是怎么回事呀？他们要去旅行吗？在森林里到哪儿去旅行呢？搭火车到伊春吗？唔！我看也不像，小朋友身上又没带干粮袋，又没带水壶。我就问烧火的老吴头：“老吴头，这些小朋友今天要去干吗？”老吴头瞪瞪眼睛说：“你还是个读书人呀！人家这个叫作运动会，你懂不懂？运动会就是讲卫生，练身体，做比赛……”呵！原来是开运动会。真有意思呵！那么，我这个窗子就是最好的看台啦！

果然，不一会儿，队伍就集中在一起了。校长、老师讲完了话，就开始做团体操。可真想不到，我和小朋友们那么熟悉，他们能做得这么美，有这么好的本事，我这还是第一次知道。

那个教体育的陈先生，是个近视眼，今天满脸通红，好像过节的样子，穿了一套全白的运动服，运动服的前胸绣着一个大红的“1”字。他手里拿着一个传声筒跑来跑去地指挥着。

然后就是低年级表演，然后才是比赛，有赛跑，跳远，跳高。

今天的来宾可多了，除了森林工业管理局的局长叔叔和其他的叔叔伯伯之外，你瞧，老龚头，老吴头，还有拖拉机手吴天喜都来了。吴天喜是个先进生产者，胸前挂着从北京开会带回来的金光闪闪的大奖章！他笑眯眯地站在旁边参观！还有那些家属，奶奶，婆婆，妈妈，姑妈……也都来了。

干吗人来的这么多呀！呵！今天是星期天呀！

“请大家注意，接力跑决赛了！”陈先生高声地喊，大家就跟着陈先生往那边挤。

“哎哟！瞧呀！铁柱，小虎子都在那边啦！”

大伙儿都笑起来了。多紧张呀！陈先生高高地举起信号枪，口里叫道：“预备——”就在这个时候，不知道是谁，大声地嚷：“大伙儿瞧呀！小黑瞎子（就是狗熊）在爬旗杆呀！”

这是怎么回事呢？管理局的两只小黑瞎子什么时候跑出来了！它们抱住挂着国旗的、二十几尺高的旗杆直往上爬，爬在后头的那只老扯前头那只的腿。

“站好！站好！预备——”

但是，所有的观众都跑去看小黑熊爬旗杆了，连小运动员也跑去看了，就剩下陈先生一个人在那边干着急。

到后来，连陈先生也跑过去了。

那两只小黑熊本来就是淘气精，不知道是谁告诉它们这里在开运动会呢，连请也没请，它们就来了。瞧这两个淘气精呀！滚圆的毛茸茸的身体，直往上爬，有时候又往下一滑，听见底下的观众拍手笑它讲它，像听得懂人家的话，咧开了嘴，对着底下嗷嗷地叫，好像在说："你们瞧呀！我们爬得多高呀！"后来就爬到旗杆顶了，两个抢着往上面坐，只那么一点点的地方，又尖又滑，它们的举动越发显得可笑了。

这时候，一个小孩指着小黑熊叫起来："瞧呀！小黑瞎子撒尿了！"可不是，上头那只撒的尿，直从底下那只的头上淋下来。

两只黑瞎子一会儿翻筋斗，一会儿抱住旗杆摇晃，逗得大家把运动会的事也忘了。

陈先生是负责这个运动会的，他急得一身汗，拼命地吆喝着两个黑瞎子，要它们下来。要不然，大家都看黑瞎子爬旗杆，运动会哪开得成呢？可是，黑瞎子只顾表演，玩得正高兴，怎么样也不肯下来。

大家都疼这对淘气精，谁都舍不得拿石头打它们。

这时候，来宾老龚头请大家让开一点。他跑到旗杆底下，对着黑瞎子叫着谁也听不懂的话："罗……呵……"那两个小家伙听了，想也不想的，朝下就溜。它们下来了，像两个皮球似的，跟着老龚头跑，朝管理局跑，这三个，像赛跑一样，逗得大家把腰也笑弯了。

"好！运动会继续进行！"陈先生快活得又在下命令了！

笨妈妈

一天下午，小黄和我说，森林东面不远，有条小河沟，那里面有很多鱼，有时候拿棍子打也打得到，到那里钓鱼一定很容易钓到。

我最喜欢钓鱼，我身上带的就有钓钩和钓线，听到人家讲到钓鱼就高兴。

小黄又说："今天我休息，咱们钓鱼去吧！"不到五分钟，我们就出发了。

夏天已经来了，从我们住的地方到小河沟的小路上，长的全是一人多高的野草，成群的牛虻，像飞机一样叫着，绕着我们打转。我们把防蚊帽放下来，两只手插在裤袋里。我们是不带钓竿的，到了小河沟，只要在附近捡根小树枝就行了。

一会儿，我们就并排坐在一棵伸到河中心的、弯弯曲曲的老柞木树上钓起鱼来。

不到半个钟头，我已经钓到一斤多五六寸长的、细鳞的条鱼了。小黄呢，他一边钓鱼，一边赶往我们身上爬来的大蚂蚁，一边用小刀把钓来的鱼破开，用细草竿子撑起来，晾在透阳光的树枝上。

我们钓得正欢的时候，忽然听到一种声音，那是非常奇怪的声音，我还不知道是怎么回事，而小黄吓得脸都白了，全身直打哆嗦，他轻轻地说："糟了！黑瞎子来了。"

就在这个时候，只见对河来了一只大黑瞎子，后面还跟着两个小黑瞎子，小得很呢，只有小巴狗儿那么大的小黑瞎子。

幸好我们坐得高高的，没给那个大母熊看见。我们一声也不敢响，鱼在上钩了，也不敢提起来，就那么待着，待着。

黑瞎子想什么呢？在小河沟对面团团转，一会儿又跳下水来，水不深，只有它腿那么高。呵！我知道了，它想带孩子过河。

它有两个孩子，所以就显得麻烦，不知道怎么办了。

唔！一定是这样。

一会儿，它像想出什么主意来了，用爪子推一根五尺多长的、前几天人家锯下来的大木头，然后跑到儿子身旁，用嘴巴衔住它儿子的颈背，放到小洼地去，把刚才那根木头推过来，压住它的儿子。然后，它摇摇摆摆地再去衔它另外一个儿子过河。

来到我们这边，它放下这个孩子，又过河去衔那个孩子。

但是，当它把木头推开一看，它的孩子，已经给大木头压死了，又圆又肥的小黑熊一动也不动了。

大母熊叫呀！跳呀！咬那根大木头呀！用爪子打那大木头呀！又用鼻子闻闻小熊的鼻子，看看，的确是死了，就连蹦带跳地冲到对岸来，找它另外一个孩子，像刚才似的，把它的孩子衔了回去。看样子，它是很伤心和懊恼的。它是野兽，它不能像人一样能正常表达它的感情，野兽的妈妈，只能干嚷了！

后来，它衔着它剩下的唯一的孩子，从原路回去了。

这是多么可怕的悲剧呀！如果在大母熊这样悲伤和愤怒的时候，我们被它发现的话，一定成为这个悲剧的牺牲品了。

我们匆匆忙忙回到伐木场。

那些鱼呢？恐怕到现在，还挂在那棵大柞木树上。

大狗子

六月的森林是潮湿而多雾的，地上都是积水，咬人的小虫到处乱飞，一个人这时候到森林里去是很麻烦的。

拿我来说吧！要只是我一个人，穿过几个林子到一个地方去，就得带枪，带干粮，还得带把锋利的刀子。枪是打野兽的，粮食是在迷路绝望的时候吃的，刀子是在子弹用完，给野兽压在地上的时候拼命用的。

六月天，在森林中，是一切动物最活跃的时候。冬天在窝里，在树墩子里出世的小黑熊都长大了，已经学会麻烦人的本事了。还有大狼和小狼，还有老虎，野猪，狍子，狐狸……

在六月多雾而潮湿的早晨，走在森林中，有时候相隔十五六尺远，就看不见东西，你想一想看，要是来了个什么东西，怎么办呢？这样的事情很多，我现在要说的，就是发生在这样的天气里的故事：

老吴听到他的老婆带着孩子，要从山东来了。他忙了几天，同志们给他在家属宿舍区找了一间房子布置起来。他们装好炉子，还在合作社买了一面画了花的镜子送给他，在镜子旁边写了“吴之江同志新婚之喜”几个字。事实上，老吴结婚有五年了，结婚后第四个月就到森林来，这一次，大伙儿替他高兴，就送了这面镜子给他。

“喂！你是吴之江同志吗？我是局里呀！局长室呀！你的老婆和儿子已经到了，几时来接呀？”老吴接到电话，马上就准备动身。

那个时候，这个森林还没有森林铁道，交通很不方便，老吴带了一些干粮，一根三八枪，打了绑腿，请假走了。

第二天，天黑了，老吴才把老婆和孩子接来，两天一共走了一百里路，不过他接来的除了老婆和孩子，还有一条死了的老狼。

行李还未放下，老吴就对大伙儿说：“唉！真想不到，接老婆和孩子会碰到这么危险的事情！”

“怎么回事呀？”

老吴踩着那只狼说：“要不是我带着枪呀，老婆和孩子都到了它的肚子里去了。”

“究竟怎么样呀！快说吧！”

“我接老婆和孩子去了，晚上才到局里，路真不好走，都是水洼，但也平平安安没有什么。哎！回来的时候却碰上这个家伙！你们看它的牙齿、它的毛、它的爪子，还有呀，你们没看见它那股狡猾劲！

“在路上，先是我抱了我的小山子。我，又是枪，又是粮食，又是刀，还有老婆的被窝，我简直像一匹骆驼了，可累呀！我老婆从没走过这样的林子，高一脚，低一脚的。

“走了三十几里路的时候，小山子说：‘大狗子，大狗子。’我就想，好呀，把你爸爸叫作大狗子！小山子又说：‘大狗子，大狗子。’我说：‘你说谁是大狗子呀！小家伙！’我老婆笑了一下，累得连笑都笑不像了。小山子用小指头指指前面又说：‘大狗子，大狗子。’我一看，哎哟！是它呀！吓得什么都顾不得了，将孩子交给老婆，把东西全扔在地上，把子弹上了膛。

“一头灰色的大老狼，离我们才十来公尺，蹲在那里。我一举起枪，它就跑了，枪一放下，它又蹲在地上，朝着我们瞧。

“一看我就知道这家伙是个老经验，瞧它那条舌头呵，吐出来有七八寸长！

“我想呀！你这个坏蛋，想吃我的老婆，吃我的孩子！胃口可不小呀！来吧！

“它好像懂得我的意思，在跺脚啦！我瞧它那块老皮，也值十来块钱，我在打它的主意。

“我叫老婆抱住孩子别动，找个地方休息一下。老婆吓坏了，直哆嗦。

“我端着枪，朝老狼走过去。老狼慢吞吞的，瞧我一眼跑一步，我追了二十几步，快走进密林子了，回头一看，我想起一件事，嗯！这个大胆的老狼，一定有什么鬼主意。

“唔！我想起来了，我鼓着一口气，朝着它拼命追过去，一边大叫，一边开枪，老狼就像一阵风似的跑掉了。

哈哈！我怎么办？我放开脚步，往回直跑，我选了一个地方躲起来，那个地方刚好看得见我的老婆和孩子。这时候，你猜怎么着，老狼果然走回来了，它以为把我骗走了，便走近我的老婆去。

“狼就是这么狡猾的东西，它希望把男人引到很远很远的地方，甚至使你迷了路，然后它就转回来吃小孩。

“我的老婆一手抱孩子，一手捡石头打它。一个平常连蚂蚁也不敢踩死的女人，为了保护她的孩子，那个时候显得多勇敢呀！她大叫，孩子大哭……

“这时候，我就开枪了，一枪就打中老狼的脑袋。”

“后来呢？”听故事的人问。

老吴指一指脚底下的死狼：“后来，后来不就是这个样子了吗？”

快乐的星期天

在森林中，伐木工人同志们的生活真有意思。

伙食房的师傅星期六晚上从镇上回来，用大车拉着一些肉呀，酒呀，和别的好吃的东西。还有电影队，他们总是在下午三点钟到车间的。

那就是说，中午有好菜吃好酒喝，晚上有电影看，大伙儿因此总是很满意的。

但是，也有一些人不大满意，他们说：“星期天就只等中午这顿饭和晚上这场电影，一天就这样等，有什么意思呢？我们干惯活的人是待不住的。”

因此，年轻一点的人，一大早，干脆到三十里外的镇上去，并且在十二点以前赶回来；年老一点的人，就蹲在炕上，谈他们哪一年哪一月挖人参打黑熊的事情，故事反正总是那几个，讲了几年还是那么新鲜。也有的人到林子里的小河边钓鱼，他们称林子里小河的鱼是“傻鱼”，因为拿棍子打也打得着。

有两个老头，做过渔人，又做过猎人。有一个星期天，他们偷偷地在商量什么，带了两个面粉口袋，悄悄地到森林里去了。

吃午饭的时候，还不见他们回来，大师傅就说：“干吗这两个老头不回来呀？准又是套黑熊山猫去了。”大伙儿都围在餐厅里面排队买菜。菜真不错，有红烧肉，洋葱炒鸡蛋，木耳熘肉片，糖醋排骨等等，还有酒呢。北京的白干，桂林的三花，山西的竹叶青，东北的红葡萄白葡萄，什么都有。大伙儿吃得真热闹，居然还有人一边吃饭一边唱歌啦！

“哎！他们两个老家伙到哪儿去了？不管他们，咱们把菜吃光，让他们没得买！”

另一个说：“那怎么行！你不给他们留些菜，将来要吃他们的鹿肉可不行了，说不定这回又会给咱们带些什么野味呢！”

其实，厨房的大师傅，早给两个老头留下好菜了，大师傅同他们的感情比任何人都亲密。

星期天吃饭的时间特别长，先先后后搞了两个钟头。正当大伙儿要散场的时候，外头不知道谁大声地嚷起来：

“呵！哈！你们瞧呀！两个老宝贝回来了！瞧他们的

脑袋呀！脸呀！手呀！哈哈！……”

大伙儿一窝蜂地跑出餐厅。

“呵！哈！你们两个，脸上脑袋上怎么长了这么些核桃？”

两个老头笑眯眯地坐在地上，身边放着两个胀鼓鼓的口袋，不知道里面装了什么东西。他们一句话也不说，只在喘气。

“你们干什么来呀？”

“干什么！干什么！”一个老头指着另一个老头说，“都是他不好，我说要戴防蚊帽戴手套去，他说他有特别的法子。哼！多好的特别法子呀！我们到了林子里，他叫我打头走。走呀，走呀，走到一棵又大又老的枯树底下，他说：‘老李头，你往树洞里掏吧！’”

旁边就有人插嘴：“你们掏野蜂蜜去了？”

老李头说：“是呀！他叫我往树洞里掏。这一掏可糟了，几千几百的蜜蜂，朝我头上脸上手上到处乱叮……”

旁边又有人插嘴：“那老吴头呢？”

“他呀！他站得老远的。”

老吴头听了这句话，就哈哈大笑。

老李头接着说：“后来我就往回跑，蜜蜂跟着我追，我赶上老吴头的时候，蜜蜂也叮老吴头，叮得他直叫。我们总算捡了一些树枝才把蜜蜂赶跑。我们坐下来商量了一下，我说：‘老吴头，反正给叮了，我脱了衣服给你蒙上脑袋去吧！那些蜜糖可不少啦！’

“老吴头把头蒙上，像只黑熊似的去了。一会儿他又转来，我又上去，后来我们就把两口袋装满了……哎！你们快给我们找点药来抹抹！”

闹了好一会儿，大伙儿就跟两个老头滤蜂蜜去了，因为刚采来的蜂蜜，不像我们从店里买的那样纯净，是有很多渣子的。

晚上，我们一边看电影，一边喝着又热又香的野蜂蜜糖水。

在森林中

在森林中

亲爱的小朋友，我现在是在森林里面。这样的森林，我想你们都没有见过。它不是一个普通的树林子。它是一个很有名的很大的森林，是在我们东北的小兴安岭。

亲爱的小朋友，你们一定会说："我知道了！大森林里面有大树，都是大树。树多到看不见天，挡得没有路走，进去就要摔筋斗，就要跑不出来。森林里面尽听见老虎叫，还有大狼、黑熊哩。我才不敢进去哪！……"

哈哈！亲爱的小朋友！森林里头虽然是有许多许多的大树，有许多许多的野兽，但是森林是非常可爱的。

你如果到森林里去，一定觉得比上公园还有趣、还好玩呢！

让我告诉你们吧！我一个人也敢到森林里玩（当然，我也不敢瞎跑，跑远了真会回不来，真会碰上黑熊）。我跑到有十来丈高的红松底下，我摸摸它厚实的树皮，我张开手臂围住它的树身。那时候，我才发觉自己的手特别短，因为起码要长一倍才能把它抱拢呵！是这样大的红松，棵棵都要两个人手拉手才抱得拢，棵棵都有八九丈高。我走进这样伟大的森林里面，脚踩的是软绵绵的草，头顶上是树叶子编成的大伞。有时候叶子多的地方，的确是连天空都看不见，就觉得太阳快落山似的。有时候呢，这把大伞破了一个洞，阳光从洞里漏进来。啊！一道金亮的光，好看极了！

我站在森林里面，站累了，便坐在年代太老的、已经枯了倒下来的树干上。起先好像没有什么，但静静地坐上两三分钟，我的周围就活跃起来了。初时，我的确也吃了一大惊，以为是老虎或者大狼来了，赶快把枪举起来。但是，它们是不伤人的动物，它们是小松鼠啦，小花鼠啦，松鸡啦，小山雀啦，小刺猬啦，和一些我不认得的小动物……它们在我附近跳来跳去的。还有啄木鸟呢！在我头上的树干上或者什么地方，用它的尖嘴巴啄木。咚！咚！咚！在我的脚底下呢，有各式各样的草和蘑菇。有的蘑菇很好看，绿的又有红斑点，红的又有黄斑点。有的有毒，有的可以拿来煮成很好的菜。你今天来看的时候，长得满满一地，到明天来看呢，什么也没有了，或者只剩下一点点！那就是给鹿呀、麅子呀、小山兔呀、小松鼠呀吃掉了，只让一些有毒的留下来。亲爱的小朋友！你说奇怪不奇怪呢？这些动物又没有念过书，它们怎么知道哪些蘑菇有毒，哪些蘑菇没有毒呢？

还有呀，夏天一来，森林里不晓得有多少花哟！那是各种颜色的花，喷香喷香的。小朋友如果到那里去玩，采两天两夜也采不完，用大卡车运也运不完。

亲爱的小朋友！在我们小兴安岭这么可爱的森林里面，最活跃的是什么呢？你们或者要说，是小灰鼠，是小鹿，是大老虎，是黑熊……哈哈！小朋友，你们都猜

错了！

在我们小兴安岭里，最活跃的是我们几万几十万的工人伯伯叔叔们。他们长年累月地在森林里工作。他们是我们国家的宝贵的林业工人。

我在森林里面，看到了很多新鲜的事情。但是最使我感动的，就是林业工人同志辛勤的劳动。他们在积雪一两尺厚的冷天，和在穿单衣也冒汗的夏天，都一样地坚持工作。他们用机器的锯子或大的手锯、大的斧头，锯树砍树，然后开动拖拉机把树拉到放木头的储木场和火车站去。他们每年为国家生产很多很多的木材。这些木材可以造船，做桥梁，做重要的建筑。有些在广东、在上海的小朋友，看到这些大木头就会问："这些大木头是哪儿来的呢？"现在，小朋友们，你们可以告诉他们了："这是红松，是从东北小兴安岭出产的。"

我们小兴安岭真棒呵！除了出产有用的红松、落叶松、水曲柳、黄波椤等木材，还有貂、灰鼠、狐狸、老虎那些动物的毛皮，可以拿来做冬天的衣服，还有人参、熊胆、鹿茸、甘草、五味子那些药材。

小朋友呀！森林里光是这样好玩吗？不是的。在森林里，夏天有好多叫作草扒子、小咬的小虫。森林里常年都有野兽出现，像老虎、黑熊、豹子什么的。那些小虫和大野兽都很可怕，给它们咬了都是很要命的事情。所以我们的林业工人伯伯叔叔，在森林里面工作是非常艰苦的；同时他们也很勇敢、很聪明，能够克服各种困难。

我这次到森林旅行，见到了很多新鲜的事情，听到了很多好听的故事。有的人就说："干吗你不给我们小朋

友讲点故事呀?”呵!那倒是真的,我应该把这么多故事讲给大家听。

在这里,我讲的故事,就叫作“在森林中”吧!因为这些故事都是森林里面的工人同志讲给我听的。亲爱的小朋友,你们应该谢谢那些工人伯伯叔叔才好!

没有尾巴的猪和“野猪”

我到了森林里，住在一个车间里面。

森林里面一个车间，有几十部拖拉机和一两百个工人。白天，工人开着拖拉机到森林里面去采伐木材；晚上，把木头送到放木头的地方，然后回车间休息。

一个车间很大，有拖拉机库，有工人宿舍，有食堂，有医疗所，有浴室，有骡马大车队，有豆腐房，有仓库，有养猪场，有储木场（就是放木头的地方），还有森林铁道和火车站。

一个大森林，有一百多个这样的车间哩！

我到了车间，跟工人同志住在一道，住在他们自己用木头造的宿舍里面。那时是三月，北京的小朋友大概可以脱了大棉袄在院子里栽花了。但我们在屋里还烧着暖烘烘的火炉子，宿舍外面还飘雪呢！

工人同志们劳动了一天，回到宿舍该睡觉了吧？不！他们还看看书，聊聊天，要我讲一讲北京，问我有没有见过毛主席，问我北京的红领巾多不多，问我故宫有些什么东西。同时，他们又讲些他们的生活和森林里的故事给我听。他们还会唱好听的歌。我跟他们在一起的时候，实在非常快乐和有趣。

有一天，我到他们的养猪场看猪，他们喂了很多很

胖的猪。小朋友呀，森林里面没有菜市场，工人们只好自己养猪和种菜，在自己的豆腐房里做豆腐吃，把豆腐渣拿来喂猪。豆腐渣又多又好，把每一头猪都喂得圆圆胖胖的。

我一走近猪栏，好多猪就跑到我旁边来了。好大的猪啊！一头大猪后面，跟着十几头胖得像皮球一样的小猪。它们朝着我直叫，向我要东西吃。它们真蠢呀！我又不是喂猪的同志，我不过是来看看它们的。它们看我没给它们东西吃，叫得更响了。这只叫，那只叫，吵得非常厉害。

咦！我发觉一件怪事了：这些大大小小的猪，全是没有尾巴的，它们的尾巴到哪儿去了呢？我从来没有见过没有尾巴的猪。唔！我知道了，大概森林里面的猪都是没有尾巴的。

我回来的时候，就对工人同志说：

“哈！你们森林里面养下的猪都是没有尾巴的！”

工人们哈哈大笑说：“不对！不对！我们森林里面的猪是有尾巴的。”

“没有！我亲眼看见它们都没有。”

工人们说：“猪的尾巴给乌鸦啄掉了！你不知道，小猪刚生下来，在猪栏里跑来跑去，每一头小猪都有一条红红的弯弯的小尾巴。乌鸦和喜鹊以为是一条虫，便飞下来一口把它啄掉了！尾巴不像头发那样会再长的，所以猪长大了，也就没有尾巴了。”

“森林里面的乌鸦这么厉害呀！”我觉得很奇怪。工人同志们就说：“乌鸦还啄人的耳朵呢！不过，耳朵可不容易给它啄着跑，它一飞下来，我们就用棍子赶它，用石头打它。说起来，乌鸦总是很讨厌的东西，一天到晚在树林子里呱呱地叫。”

另外一个车间的养猪场，有一头不听话的猪，它老爱闯到猪栏外面去，不肯回来。有时候，喂猪的同志把它轰回来。有时候呢，这头猪跑远了，喂猪的同志又没有工夫去追它，只好让它在外边溜达溜达。玩够了，它自己也会回来的。

快要过年的时候，要杀猪了！

大家说常常跑出来玩的那头猪最好，又肥又大，便帮着喂猪的同志一起到外边赶它回来，把它按在凳上。当然啦，要杀了，它是知道的，便咕哩咕哩地大叫，又拼命地蹬脚挣扎，比别的猪都厉害。两三个人也按它不住，给它忽地跑掉了，窜到树林里去了。

树林子很大，猪又发狂地跑，大家都找不着它。

过了一个星期，两个星期……足足半年了，还不见它回来。

小朋友，你们或者要说："可怜的猪，一定是在森林里面饿死了！"

不会的，森林里面有蘑菇，有青草，有树根，有许多的东西，猪还会吃得更肥哩！

但是，工人们也很担心，他们不像你们担心猪会饿死，是担心猪给老虎吃掉了。

过了一年多，离车间一二十里的地方，那边的人说，他们的庄稼常常给野猪吃掉，地也给野猪拱得一塌糊涂。大家都拿着猎枪，天黑的时候便埋伏在一个地方，等呀，等呀，等了好久。

有一天，几个工人同志约好了，到那边去打野猪。

到半夜，果然看见一头又高又大的野猪来了！它一直朝田里跑，又想偷吃庄稼。大家立即向它砰砰地开了几枪。但是，大野猪好像没有受伤，更凶狠地朝开枪的地方冲过来。冲的时候它一定非常生气，一边冲一边叫。

有一个年轻的工人给它撞倒了！野猪见人倒下，还要回头来咬。哎哟哟！幸好，在这个危险的关头，老技术员用准确的枪法打中了野猪的脑袋。野猪来不及咬人，自己先死了。

大家赶快看看年轻的工人同志，见他没有受伤，便高高兴兴地把野猪抬回车间。这头野猪的确是又高又大，毛又长，毛上都沾了厚厚的松香胶，一定是在树林子里面松树干上擦痒沾来的。

有这样大的野猪，工人伯伯叔叔准备好好地吃一顿，伙食房忙起来了，喂猪的同志也去帮忙拔毛。

“哈哈！哈哈……”喂猪的同志忽然大声地笑，叫大家来看。原来，野猪的右腿上，有一大块黑疤，给他认出来了。这只野猪，就是车间一年多以前逃跑的那头不听话的猪。它在树林子里面待久了，简直像野猪一样了。

谁偷了粮食

车间里发生了一件奇怪的事情：仓库里面的大米和豆饼渐渐地少了。

仓库大门的锁没有开，地上又没有打洞，大米和豆饼怎么会不见呢？管仓库的老吴非常懊恼，嘴里嘀嘀咕咕："好了！好了！这一下弄到我头上来了！我白天晚上都守着仓库，东西却硬是少了……"他去找工会黄主席，见了黄主席就说："黄主席！怎么办？东西少了！好像从地底下漏掉似的。"

黄主席说："咱们瞧瞧去吧！"路上碰见党支部周书

记，周书记说：“怎么啦，听说你们仓库里的大米和豆饼少了？咱们瞧瞧去！”于是，三个人一起到仓库里去。

森林里的仓库好大呀！就像一个百货公司，什么都有。他们三个人在里面细细地看了一回。不错，搁粮食包的木架底下没有洞，四围的墙壁也没有洞。但是，好几个粮食包有洞了，米都从洞口流了出来。有几包大米，简直只剩下空口袋了。

粮食包旁边，原来叠得很整齐的一块块豆饼，现在，有些已经给推倒了。一个人哪有这么大的力气呢？一块豆饼有几十斤重呀！

周书记忽然手指着屋顶，叫黄主席和老吴看。

呵！原来仓库顶上开了一个大洞。但是，当初怎么看不出来呢？因为给堆得高高的粮食包挡住了，不注意是看不出的。

找到小偷进仓库的门路了。不过，小偷是谁呢？他们还是想不透，于是回到宿舍去商量。他们想：如果仓库的墙或地下被打了洞，就是野猪干的；现在洞在屋顶上，一定是会爬树的野兽干的。会爬树的野兽有好多，如豹子啦，猴子啦，黑熊啦，狐狸啦……究竟是哪一个？

周书记拿了一根双筒猎枪，黄主席拿了一根三八步枪，老吴拿了一根七九枪，还找了两个工人同志，各拿了一把大斧头，跑到仓库里，躲在粮食包后面。

打钟的时候，他们分两班回去吃饭，吃完饭又一块守着。

周书记对大家说："我叫开枪的时候大家才好开枪，要先看看它怎样偷法。"

这样守了一天一夜。第二天半夜，他们听见屋顶响，有什么东西从屋顶爬来了。周书记轻轻说："不要响，先看看它……"

屋顶上砰砰嘭嘭地响。来了！来了！大家都紧张起来，眼睛盯住屋顶的洞口。一会儿，果然有一个野兽的头伸进来了！呵！是一头大黑熊。它把嘴巴张开，呼哧呼哧地吐舌头，又朝底下看（当然！它看不见躲着的人），过了一会儿，才将又肥又笨的身体挤进仓库。

它好像很高兴的样子，在粮食包上蹦跳着，还打圈

圈。这只黑熊好大呀！称起来该有五百斤吧！它跳完了，就用嘴巴钻进粮食包内吃米，大口大口地吃；吃了一会儿，又跳到豆饼堆上，像人似的站起来，抱起一块豆饼，搁到粮食包上，然后自己爬上粮食包，又像人似的站起来，抱住那块豆饼塞到仓库顶上的洞口去。只听见屋顶打雷一样轰隆轰隆响，豆饼就在屋顶上滚下去了。

哈！原来黑熊是这样偷豆饼的！

豆饼滚下去，黑熊更高兴了，又站在粮食包上跳呀跳的，想偷第二块豆饼……

这时候，周书记用枪瞄准了黑熊。

黑熊也好像听到了什么声音，站住了，回过头来。砰！砰！周书记的枪打中了黑熊的脑袋。

黑熊倒下了！流了好多血，但马上又站起来，朝周书记这边猛冲过来。

砰！砰！砰！

所有的枪都响了！黑熊在豆饼上滚动了一下，跌到地上，不动了。

大家从隐蔽的地方跑出来，都说："好大的小偷呀！"

他们把黑熊抬到外面的草坪上，把黑熊的皮剥了，取出熊胆，砍下熊掌，准备拿到伊春去卖给土产公司，熊油则留着交给伙食房熬油炒菜。

黑熊的肉呢，也送到了伙食房。采伐木材的工人同志傍晚回到车间吃饭，看见每个桌子上都摆着大碗大碗的熊肉，他们都说：

"哎哟！真好！真好！这么多好吃的熊肉呀！"

黑熊是森林里面又凶猛、又聪明、又顽皮的动物。但是，人是能够制服它们的。

一个“猎人”的遭遇

当秋天快完，冬天马上要来的时候，森林里面已经很冷了。下雪了。灰鼠换上软绵绵、滑溜溜的新毛，准备抵御更严寒的天气。

这个时候，是打猎的好季节，能打到山鸡啦，兔子啦，鹿啦……最多的，却是灰鼠。一个人在三个月之内打五六百只，不算稀奇。

我来到森林，正碰上打猎的时候。我跟技术员老刘同志学习。他叫我先学打灰鼠。他把他的经验告诉我，领我出去看他怎么打，然后叫我自己试试。

喂！小朋友，你们相信不相信呀？头一趟我就打到一只灰鼠啦！当然喽，我比不上老刘同志打得那么准，他一打就打中灰鼠的脑袋。我打的那个灰鼠呢，因为打了好几枪才把它打下来，小子弹却从它的背上穿过，破了好几个洞。老刘同志笑我说："你打的灰鼠，有人肯买才怪啦！"

小朋友！你们知道吗？灰鼠背上那块毛皮最贵重，做大衣又暖和又漂亮。

因为老刘同志工作忙，没有时间多教我，他说："张同志呀！你不妨自己出去试试，摸熟了枪，自然会打得好的！"

有一天，我真的一个人跑出去了。我带着一根打灰鼠和山鸡的气枪，又带着一根打老虎和黑熊的三八式步枪。

我穿的是有钉子的鞋，在雪地上走不怕滑倒，但是脚步重了便咯咯响，容易把灰鼠吓跑。所以我轻轻地走，学老刘同志那样偷偷摸摸地一边走，一边还要用眼睛看。看什么地方呢？小朋友！老刘同志说过，灰鼠不会躲在树顶上，也不会躲在树底下，所以我的眼睛是朝前面树林子平平地看的。

“咕咕咕咕……”我听见灰鼠叫了，欢喜得不得了。我正想找它，但是我没看见它，它先看见了我。它用长尾巴扑打着树枝。它生气啦！

我出来大概有两三个钟头，一路上都听见咕咕咕、扑扑扑的声音，但一枪都没打中。我打这边，灰鼠就躲到树身那边去；再打它一枪，它就往下逃，溜走了。这时我想，如果我把老刘同志的猎狗带来，有它守在树底下，灰鼠是不敢这样溜走的。

我在树林子里面走来走去，打不到灰鼠，但是我看见很多灰鼠的假窠，同鸟窠一个样子。哈哈！灰鼠这个聪明的小家伙，它把它真正的老家造在树叶子浓密的地方或者树洞里面，叫那些要吃它的黄鼠狼和树獭不容易找到它。

老刘同志说过，有时用棍子从树洞里会敲出好些核桃、蘑菇、松子，那是灰鼠冬天的粮食。灰鼠还会在太阳底下，把蘑菇串在干树枝上晒干，免得蘑菇潮湿发霉。

我又学老刘同志那样用棍子敲敲这棵树，敲敲那棵树，希望敲出一把核桃、松子来吃吃。结果，什么也没有。

我记得自己是早上七点钟出来的，现在已经下午一点钟了。我肚子很饿，心想还是回车间去，请老刘同志教教再出来吧！因为这样瞎打一通，是什么也打不到的。

“要回车间去？”哎呀！我望望前面，望望后面，左边，右边，我应该从哪一边回车间呢？我忽然认不得路了！

森林里面的路真不好找呵！四周都是大树，棵棵树都是一个样子。我站在那里，像小孩子在北京东安市场找不着妈妈一样：东窜窜，西窜窜，周围都可以走，只是找不到出口，回不了家，见不到妈妈。

不过，我没有哭，不像有些小朋友动不动就掉眼泪，因为哭是没有用的。

我站着细细地想，老刘同志曾经对我说过的，迷了路应该怎么办。

嗳！对啦！老刘同志曾经告诉我，没有办法的时候，可以放枪，让同志们听见枪声来救我。

于是，我对着天空一连开了三枪，森林里的回声像大炮似的轰隆起来。

一分钟过去了，我静静地听着，等候同志们的回答。

唉！什么回答都没有，只有灰鼠轻轻地在远处咕咕叫，把我的心也搅乱了。

我又放了三枪，还是没有回答。我安慰自己说，大概同志们没听见，再放吧！

我掏掏子弹，哎呀，只有四颗了！这儿如果离车间几十里，即使把所有的子弹都打光也没有用。我一定要想想别的办法，免得待在这儿，饿死，冻死，还会碰上大老虎。

我记得自己是爬过一座小山来的，找到那座山准没错。我张望了一会儿。啊！左边远远地高起来的那个地方不就是了嘛！

我沿着那条冰冻的小河向上游走，拼命地赶路。

到了山头，太阳已经要沉下去了！夜晚还会更冷，我决定找一个可以避风的树洞歇歇。

我钻进树洞，啃了半块烙饼，紧紧地抱住那支三八式步枪。工人同志说过，大黑熊冬天“蹲仓”的时候，也是躲在树洞里的。我生怕现在躲的这个树洞就是黑熊蹲的仓，万一黑熊回来了，怎么办呢？唉！我的脚都走痛了，乏得要命。

好不容易才听见鸟儿叫。我从树洞钻出来，抓了一把雪，拿出半块烙饼，马马虎虎地吞下去，吃完了要早点赶路。

我走了没多远，手脚冻得更麻更痛了，风和雪照面打来，走都走不动似的。我真害怕要挨不住了，垮下去了！

但是，我想起苏联的英雄“真正的人”，他比我现在要艰难千万倍呵！想起他，勇气就来了。我要学他一样，只要还能够爬，也要爬到车间。

我走呀走呀，虽然速度很慢，但我一直走，马不停蹄地走。

砰！远远的，传来了枪声！

咦！我侧着耳朵再听。

砰！砰！

一点也没错，是枪声！

同志们找我来了！

我赶快将三八步枪，举得高高地开了三枪。

我高兴得不得了，大声地叫：“我在这里呵！我在这里呵！”

然后，我不走了，停在那个地方等同志们来。

足足等了二十分钟，我才看见从河的下游那头，有一条狗朝我冲过来。呵！它是老刘同志的阿花。它冲到我的身边，绕着我打圈圈，又叫又跳地闹了一会儿，便马上往回跑。

我也跟着阿花跑，跑了五六分钟，见到车间的同志了！

他们在我的背上肩上捶了一顿，边捶边说："你这个家伙呀！找得我们好苦呀！"

我快乐得说不出话了，只紧紧地抱着他们。

老刘同志说："总算找到你啦！没给吓坏吧？"

我感谢他们，问他们怎么会找到我。

小李同志说："昨天到天黑还不见你回来，大家焦急得不得了，打电话去问第七车间，也说你没去过。车间主任、党支书和工会主席都叫我们马上动身找你，就从那个时候找到现在。"

我非常抱歉，为了我一个人，害得大家担心，还让三位同志冒着大风雪走夜路，冒着生命危险来找我。

我又问："你们怎么知道我在这里呢？"

老刘同志说："我们跑到上回同你去打灰鼠的地方，打了好些枪，都没听见回答。我们考虑了许久：你往东走，会回到我们车间；往西走，会到第七车间。如果你从河的上游一直走，就糟了。越走离我们越远，会跑到原始森林去，就回不来了！如果你从河的下游走呢？你一定会走到有人居住的地方，因为河的下游是渐渐平坦的地带了！我们担心的是你往上游走，所以决定到这边来找你。你知道这个地方离车间多远吗？”

我说：“三四十里吧？”

小黄同志哈哈大笑，说：“同志呀！再加一倍都不止呀！”

当天夜里十二点钟，我们才回到车间。

我对同志们说，永远感激他们，永远不会忘记他们！

老刘同志说：“不必客气，这是小事！你永远不要忘记的是：在迷路的时候，千万别往河的上游跑！”

黑瞎子的包围战

技术员老刘告诉我，在我到森林之前几个月，他有一回也差点丢了命。

嗳！怪啦！老刘过去是猎人，打了几十年猎。这儿森林有什么木材，从哪儿进去，从哪儿出来，条条路他都摸熟了。至于老虎、大狼、黑熊，什么他没打过呀？他也会差点丢了命？

我问他："老刘！你怎么会差点丢了命？是骗我吧？"

老李在旁边听了我的话，插嘴说："张同志呀！一点也不假，他那次真危险哪！如果是你，我看一定完蛋了！”

于是，我请老刘告诉我究竟是怎么一回事。

老刘把脑袋晃了几下，叹口气才说——

那天，我要到第七车间去。从我们这儿到第七车间，不过几十里地，这条路是来往惯的。我准备把事情搞妥，当天赶回来吃晚饭。

我是吃完早饭后走的，没背枪，走得真轻快，心里得意，一下子就像赶了不少路。

走到半路，哎哟，我听见嗬嗬嗬的声音，知道碰上黑瞎子了！

张同志呀，我们在森林混惯的，都把黑熊叫作黑瞎子。

这个黑瞎子可不简单。它准准地朝着我冲过来。嗯！它是受过伤的，所以才这样凶地要咬人！

我赶快往回跑，笔直地跑。跑了一会儿，嗳，风是从东边吹来的！我马上往东去，逆着风跑去。

我回过头来看看黑瞎子，它也往东来了。嘿！风

吹得真棒，把黑瞎子额上的毛全吹下来，挡住它的眼睛了！它看不见路，找不着我了！

黑瞎子停下来，用两只爪子把额上垂下来的毛拨开……

我赶快又跑，还是朝东边跑，还是逆着风跑！

黑瞎子跟在我后面追。它时时要停下来拨开挡住眼睛的毛，现在还追不上我。但是，我再跑下去，就吃不消了。我的力气会用完的。

唉！我不往前走了。我绕着一棵又一棵的大树转圈圈。黑瞎子要追我，可是它的身体笨重，转身不灵活，它追得慢。因此，我可以有点时间歇歇，跑得没那么累了。

跟黑瞎子这样捉迷藏，又玩了好一会儿，我边跑边想：这样下去，也不是办法；一个黑瞎子还好对付，如果再来一个黑瞎子，那怎么办呢?

呀！这个时候，采伐木材或者打猎的同志来了该多好呀！

又转了好一会儿，我才看见远远的地方像有些房子。

呵！我记得了，这是采伐队以前留下来的空房子。这真是我的救命星了！

我拼命朝房子那个地方跑，跑呀！跑呀！

看看后面，黑瞎子也追过来了！

进了房子，我急急忙忙把大门和所有的窗户都关紧。

唉！我跑得真累，腿都软了！歇歇再说吧！

黑瞎子在外边推门，见推不开，又爬上屋顶。幸好房子建得牢，它进不来，便蹲在大门口。大概它也跑得很累，要歇歇了。

说实在的，我哪有心思真的歇呀！我老是从门缝往外看，巴望黑瞎子快点走。

哎哟！这个家伙好像有意跟我开玩笑似的，索性躺下来把门口堵住了！

等着！等着！天色已经黑了！

黑瞎子还是在等着我出来。

我当然不能出来呀！

好家伙！你等你的，我可要睡一觉！

我希望到半夜，黑瞎子等得不耐烦，或者把我忘了，不再等下去，就会走了！

我把门窗都检查了一遍，关得牢牢的。好吧！我要睡了。

夜里，我起来几趟，从大门的缝里偷偷地往外看。

黑瞎子还躺在外边。

唔！你这个傻蛋不走，我要走！

我打算从后面窗户偷偷地溜出去，让黑瞎子守在大门口傻等吧！我轻手轻脚地跑到房子的后头，先从窗缝往外看，研究研究地形，免得跑出去之后慌慌张张地走错了路。

唉！窗户外边也蹲着一个黑瞎子！

我跑到左边的窗户，又往窗缝外边看。

哎呀呀！怎么得了呀！也有一个黑瞎子！

右边的窗户呢？也有一个！

完了！这一次，一定是那个黑瞎子把它的兄弟姐妹都叫来吃我了，来聚餐了！我给它们四面八方地围住，还有什么办法呢？我又没带枪，如果有枪，还可以跟它们拼拼呀！

天亮了！我又往这边看看，那边看看，足足四个胖墩墩的黑瞎子，一个也不少。

唉！完了！准完了！我即使不出去给它们吃掉，困在房子里面也要饿死的。我的心沉得厉害。我想，这样死掉多冤枉呀……

也不知道经过了多少时间，忽然，远远地传来了砰砰的枪声，我快活得跳呵叫呵！

枪声越来越近，黑瞎子害怕了，一个个都溜了。

我跑到门边大声叫喊。

不久，同志们拿着枪气喘吁吁地跑来了。我把门打开，我们热烈地拥抱。哎呀！我的好同志！要是没有你们，我可怎么办呀！

我把一天一夜的情形都告诉了他们。

他们说："我们知道你这个老经验是不会迷路的。想起你没带枪，准是碰上野兽，所以周书记派了两批人出来找你。我们往这边走，真的找到你了！但是，我们没想到，你跟黑瞎子赛跑，捉迷藏，还被四个黑瞎子团团围住。换了没有经验的人，吓也吓坏了！"

淘气的小黑熊

我跟森林调查队到原始森林去。

跟他们出发可不简单呵！我们二十个人，每个人都要背五六十斤的东西。因为原始森林只有猎人去过，那里没有路，没有房子，更没有市场。我们要带大帐篷、火炉子、大米、面粉、咸鱼、冻肉、冻鸡、豆子，还有医药用品和工作需要的仪器、枪、斧头、刀子。另外，每人还带了睡觉用的毡子、棉被。

我们背着东西，在一尺多厚的雪地上，或者结了冰的河上走，穿过一个森林又一个森林。杂乱稠密的树枝

和野草，常常钩破我们的棉衣和皮肤。我们渴了就抓把雪吃，累了就连背囊一起躺在雪地上。

走到半路，我们看见一条鹿，一条死了的鹿。猎人已将鹿皮、鹿茸、鹿尾巴这些贵重部分都取去了，剩下一百多斤鹿肉。真好哟！这些鹿肉拿来做菜一定好吃。但是大家都不敢要，因为背的东西已够重，再增加一点点也不行了！

我们在路上架起帐篷住了一夜。第二天再走，到下午四点才赶到目的地。这里叫“八十公里”。

到了，是不是大家马上休息呢？我们把行李放下，马上要搭帐篷，装火炉，捡柴，劈柴，还走三四里地到小河挖冰回来煮开水烧饭。各人的工作做好了，才一起吃饭。老技术员还把酒拿出来请大家喝。吃过饭，围住烧得红红的火炉，大家又讨论了明天的工作，然后睡觉。帐篷里面没有床，我们把捡的枯枝和几尺长的干草，铺在雪地上，再垫毡子。我们这张床，便像沙发似的柔软了。

睡觉的时候，我们要轮流值班守夜和添木柴。如果不守夜，大老虎会跑进帐篷咬伤人；如果不添木柴，火炉子灭了，也会把人一个个冻坏的。

每天早上，金黄色的阳光射进来，煮饭的老黄同志已经把开水烧好，开始烙饼了。大家吃过饭，带两个烙饼，便出去测量调查，只剩下两三个同志看家。

我帮老黄烧饭，捡树枝，劈木头，有时也背着枪到离帐篷两三里地的地方走走。我发觉雪地上有奇奇怪怪的脚印，生怕老虎、大狼要来，赶快又回到帐篷。

有一天，我跟同志们出去调查，帮他们扛仪器，牵绳子，快天黑才回来，累得不得了。喝完米汤等饭吃的时候，我想着同志们天天在外面调查，一定更辛苦。我正在胡思乱想的时候，忽然有一个黑乎乎的小东西跑到我脚下，咿咿呀呀地叫。我把它抱起来，不知道是什么。老技术员看了，马上说：

“是小黑熊！小黑熊来了，大母熊跟着就到。赶快拿枪！”

大家把枪取出来，依着老技术员的吩咐，每人都躲在一棵大树后面。老技术员还说：“快来了！快来了！我开枪你们才好开枪。”

因为老黄和我使枪不灵活，老技术员叫我们躲到帐篷里面去。我紧紧地抱住小黑熊，往帐篷外偷偷地看。

不一会儿，真的呼哧呼哧地来了一头大母熊。

嗳！大母熊后面还跟着两只小黑熊！

老黄大概见没人开枪，心里发急，随手拿个脸盆，当当当地使劲乱敲。

大母熊听见了一点也不怕，它还是冲过来，冲过来！离帐篷只有二百来步了。

当！当！当！当！当当！当当当！

老黄把脸盆敲得更响更密了。两头小黑熊害怕了，不敢跟大母熊再走，畏畏缩缩地一起往回转了。

大母熊呢？它气呼呼地不肯后退。它走几步，回头看看两个孩子，又走几步，又回头看看……

我心里想，它再冲近些，老技术员的枪准要响了。

哪里晓得，大母熊最后还是舍不得离开自己的孩子。

大母熊回头走了！追着它两个胆怯的小家伙走了。

我抱着那个小黑熊，我们没让它走。

我们在原始森林住了二十天。调查队的工作完成了，我们带着小黑熊一块回到车间。

它是个非常小的家伙，眼睛刚睁开。它要吃奶，我们没奶给它吃，就喂它米汤。我用手指蘸米汤给它舐。它一天天地长大了。

它很淘气，晚上睡在篮子里咿咿呀呀地叫。它会跑，跑来跑去，碰到桌子椅子什么都咬。它不到一尺长，但是很凶。它着了凉，也会像你们小朋友似的流鼻涕、伤风哩！

有一回，老李从哈尔滨带回来两包饼干，准备请客。大家非常高兴，因为很久没吃城里带来的东西了。刚放下饭碗，大家就闹着老李到他宿舍去。

进了门，哎哟！

原来，小黑熊舒舒服服地坐在地板上，正在大嚼那两包饼干……

我们把小黑熊提起来，揍它的屁股。它得意地咿咿呀呀地叫，好像告诉我们："这饼干的味道实在是好呀！"

又一回，办公室里所有的公文纸张，给翻弄得一塌糊涂，满房子是破纸片。有一张办公桌上还有一大泡尿。

小朋友！不必我说，你们一定猜得到那是谁干的好事！

因为这个家伙太淘气，从那个时候起，我们只好把小黑熊关在笼子里面。

但是，我们还是很喜欢它，常常去看它，买些饼干和糖给它吃。它就高兴得站起来，对着我们咿咿呀呀地直叫。

勇敢的伐木工人

有一个山东人，他初次到森林里面做临时工，森林还是头一回见到。他感到特别奇怪的是：小兴安岭这一大片地方，尽长的是树，那么多那么大的树。

山东人姓罗，名字叫什么我不知道，大家叫他罗大个。

罗大个初来，跟大伙儿和老技术员学习了一个多月。他工作勤快，能力又强，使的那门斧头，足足有人家的两个大，斧头柄也比人家的长一倍。他说这样才好使唤。吃饭呢，人家吃三碗，他要吃五碗，所以他的个子大。

有一天，罗大个带了斧子和弯把锯出去了。这种弯把锯比大肚锯好：大肚锯要两个人才能拉，弯把锯一个人就能拉，可以提高工作效率。不过，使用这种锯没力气也不行，罗大个使这种锯倒正合适。

森林里开始伐木了，每一个伐木工人都要散开工作，免得木头放倒的时候打伤人。因此，每一个伐木工人伐木的地方，都隔得相当远。

罗大个在森林里伐木，把树放倒的时候便大声地唱：“顺——山——倒——”或者唱“迎山倒”，或者是“傍山倒”。这样唱，好叫附近的行人躲开。自然哪！谁要不是为了工作，是不会跑到这儿来闲荡的。

罗大个锯了又唱，唱了又锯，中午吃带来的馒头。到太阳快偏西的时候，听见大伙儿彼此招呼回车间吃晚饭的声音，罗大个正干得上劲，舍不得放手，见天色还早，便说：“俺再放倒它一两根再走。”于是，大伙儿都回去了。

在偌大的森林里，就剩下罗大个一个人了。

罗大个怕不怕呀？哼！他什么也不怕的。他怕什么

才怪哪！

锯呀锯的，忽然间听到远远传来嗬嗬嗬的声音。

罗大个自言自语说："哪一个家伙来吓唬我？我才不怕哪！"小朋友！你猜怎么着？谁也没吓唬他。同志们都回车间了。

那会是谁呢？

是谁？除了大黑熊还有谁！

那是大黑熊。听呀，它来了！来了！

但是，罗大个还未见过黑熊，所以大黑熊到距离他五十多码的地方，他一点也不害怕。他只觉得好笑。看着那个大黑熊，他在心里对自己说道："这是啥呀？是不是大黑熊？嘻！俺看就是它，瞧它那个样子，可不是要咬人？这傻小子呵，一定有五六百斤重。"

他一边想，一边放下弯把锯，卷起袖子，摆出打架的姿势，揸住那把大斧头，举起来。

那个黑熊，看见有人招呼它，呼呼地冲过来，冲到离罗大个十步的地方，像人似的站着。罗大个走上前对准它就是一斧子；大黑熊还未站稳，又是一斧子；大黑熊退后两步，又是一斧子。

哎哟！哎哟！你看，大黑熊还来不及咬罗大个，它自己已经狠狠挨了几下啦！罗大个像砍树一样，大斧大斧地砍黑熊。

罗大个看黑熊倒在地上，便觉得没啥事啦。他从棉袄上撕下点布，包住受了轻伤的膀子。

时候不早，罗大个肚子饿起来，要回去吃饭了。

大黑熊怎么办呢？罗大个一个人拖不动，便回车间找人帮忙。

罗大个满身是血，斧子上又有血渍，回到车间的宿舍里面，靠在炕上喘一口气说："嗳！有一个大黑熊给俺劈死了。"

"多大的黑熊呀！"同志们围拢来问他。

罗大个说："多大？我晓得它多大？若是小，俺老早拖它回来，用不着你们去搬了！"

谁去搬呢？另外两个人说："怕靠不住吧？大个呀，你可别吹牛！"

罗大个说："相信就去搬，我骗你们干啥？"

于是所有的人才注意这件事。有四个人拿子绳子、扁担趁着月色去帮罗大个扛黑熊。

过了一个多钟头，四个人空着手回来，说要再加两三个人才抬得动。

全个车间都轰动起来了：罗大个真的把五六百斤的黑熊劈死了！

亲爱的小朋友！虽然黑熊很少对人袭击，但是，你们别以为它是容易对付的野兽。要知道，它的力气等于一头很强壮的公牛。它发起火来，脾气就像老虎。那么，罗大个是怎么把黑熊劈死的呢?

那是因为，罗大个从来未见过黑熊，根本不知道黑熊可怕。

亲爱的小朋友！你们也别以为这种事在森林里头是很普通的，用斧子劈黑熊，是多么需要胆量和力气的事情呵!

跌落陷阱的“鹿”

再过十天我就要离开森林了。

帐篷外面雪下得紧，帐篷内却像春天一样，发着笑声的火焰在炉子里翻滚跳动。

我坐在用软草跟枯枝搭成的、用厚毛毡铺成的“沙发”上，记录一件昨天发生的事情。明早有同志回管理局去，这封信托他送到邮局，尽快地来到你们手中。

昨天早上，我跟森林调查队的同志出发作“每周调查”的时候，在距离帐篷十来里的一棵大树上，发现绑着一根筷子粗的铁丝活套。

这根活套孤零零地绑在那儿，看起来很滑稽。因为在这棵大树的周围，也是一棵又一棵的大树。任何一只野兽都可以自由地选择没有活套拴着的道路来往的。那么，活套设在这里到底具有什么特别的意义呢？

我们这一队人，除了一位六十岁还不肯退休的技术员老郑和另一位技术员老刘之外，全都哈哈大笑起来。原来，郑老头就是安这个活套的人。

扛罗盘架的林学院毕业生林海向郑老头打趣说："喂！我看除了你老头儿，别的人干不了你这聪明的事儿。老头儿发起财来可简便啦！五角钱铁丝要绑只大老虎呀！"

老郑是一个聪明的老头儿。他只跟着大伙儿笑了一阵子，一句话也没说。

一天的工作完了，大伙儿回到帐篷里来，脱掉湿滋滋的靴子，洗了脸，吃过饭，还舍不得睡觉，又拿早上见到的活套取笑郑老头儿。

老郑也只是笑，低着头，手里在摆弄着些什么。这件事又给淘气的林海发现了：

“嗨！我们郑老头儿又有新发明了。那是什么？喔！篮子似的东西。嗯！老郑搞这么多树枝子编篮子，想必是上林子里捡宝贝吧？”

郑老头咧着嘴跟大伙儿一起笑，还是不说一句话。

林海见对方不答话，就无聊地躺下来，从枕头底下掏出一只口琴吹起来。另一些同志便合着林海的曲子唱：

我们的工作从黎明开始，
当森林苏醒的时候，
当第一线阳光照到
高高的红松树尖上的时候……

唱到这里，林海转身一看，郑老头儿不见了，炕上的三八枪也不见了。他是才出去的，因为炉子旁边还留着刚弄熄的烟头。

“喔！”林海又带劲了，他说，“准是又捉老虎去，等我跟上去吓他一下。”说着，便也提了一支七九枪，追出去了。

队长老谢要阻止已来不及了。另一个老技术员便说：“嗳！来到森林，老的和小的都容易高兴得发疯。就像小孩子刚上学，拿着新书，看了又看，舍不得放手……”

因为他们带了枪，路也是走熟的，雪地加上大月亮，更不容易迷路，大家便放心了。

过了两三个钟头，有人进帐篷来了，咳一声，知道是郑老头儿。老谢在蒙眬中没听见林海说话，便问郑老头儿见到林海没有。郑老头“呀”的一叫，连忙又穿上靴子。大伙儿也惊醒了。林海找老郑去了。现在，林海哪里去了呢？老谢急坏了，说：“我知道要出事的，走！”于是，大伙儿连忙爬起来，打点停当，冲出帐篷跟老郑找林海去。

半夜大家才把林海找回来。他的衣服好几处都破了，幸好冬天穿得厚，没受伤，但是挨了冻，受了惊，嘴唇也乌了。大伙儿给他灌酒，盖被，让他暖暖和和地睡一觉，就不碍事了！

这时候，老郑才讲，他做的“篮子”事实上是捉鹿用的“倒腮”陷阱。没料到他安好“倒腮”，绕过那边看活套的时候，林海便跑来，不偏不倚地踩下去。这东西进去了要脱身可不是件简单的事，林海只好连枪带人乖乖地做一次跌落陷阱的“鹿”了。

老郑还说，五角钱铁丝绑一只老虎或野猪，一点也不奇怪。因为野兽们都各有自己的路线，活套设在那棵大树边，正是摸着了野兽的路线的缘故。

森林里的老人都是那样有智慧与经验的人。我们这些淘气的小伙子，到森林里来，怎能不加倍小心和虚心向他们学习呢？

老邢头碰上什么

有一位在森林里做了三十年猎人的老技术员，姓邢，大家都叫他“老邢头”。他是个很和气很可爱的人。他有说不完的故事和经验。有一天晚上，他说了一个这样的故事给大家听。

有一次，他带了猎枪和一些干粮，沿着冰冻的卡尔太河，到更远的一个原始森林去。他知道春天马上要来了，雪要融了，树木要发芽了，鲜绿的草将会从雪溶的地方长出来了。他要去那个地方，正是鹿群喜欢去的地方。他想，这一次至少会猎获一只公鹿或母鹿。黄昏的时候，他到了一个地方，选了一个没有风雪的小沟子安顿下来，扎下用一张毡子盖的帐篷。他住的这个地方，离那些鹿群将要来的地方大概有十多里。他打算明天早上，天未亮，就要到那边藏起来……他想着想着，便睡着了。

第二天早上，在那些鹿群将要来的地方，那片可爱的草地上，一切都和往日一样平静。

太阳出来了！啄木鸟开始在树上工作着。有时候，一只小山兔来了！一只小灰鼠来了！一只松鸡来了！小朋友！你们会问："哎哟！老邢头为什么还不来呢？"

别着急！打猎哪里会像你们这样着急呢？老邢头老早来了，躲在那个地方了，不过不让人看见罢了！

太阳升得更高了，各种各样的鸟唱的歌越来越响，林子里面显得热闹起来。小溪里的雪开始融了。溪水笑嘻嘻地流动了！

森林里面的春天好热闹呵！

忽然，一下子的工夫，鸟儿都停住了歌唱，小山兔、小灰鼠、小花鼠也一齐逃跑了。森林像停止了呼吸，给

什么东西吓呆了似的。

这时候，在大树后面雪洼子里，老邢头的枪轻轻地举起来。

该是鹿群来了吧？不久，远远地传来一种声音。这种声音老邢头听了非常高兴。他想，起码有二十只鹿，才能有这样热闹的脚步。

声音渐渐近了，有一点像要下雨时的雷响。老邢头开始怀疑了：不对，这不是鹿的脚步声！

那会是什么呢？

声音越来越大了！

老远的地方，乌黑一大片，一阵风似的卷过来。

哎哟，不得了！那是野猪！老邢头碰上野猪了。大大小小起码有四十只吧！这样多的野猪，他从来没有见过。

多可怕的事情呵！一只野猪两个猎人也打不了，一个老邢头，却碰上四十只野猪。

老邢头睁大了眼睛，发现了一件更可怕的事情：在那一大群野猪后面，还跟着一只老虎，一只牛一样大的老虎。它在赶着这群野猪，像游牧的人赶着他的羊群一样。

老邢头一动也不敢动。

半点钟之后，野猪同老虎都过去了，雪地上只剩下一大片零乱的脚迹。

老邢头这一次什么也没有得到，匆匆忙忙回到他露宿的地方，捆起他的背包，回家去了。

老邢头说："这是件少见的事。以前只听到老人家说过，那一大群野猪都是老虎的财产，谁也碰不得的。老虎赶着它们到处走，肚子饿了，就吃它一只，老虎永远有新鲜肉吃。"

早晨的收获

在森林和森林之间，隔着一大片草地。草地那边有个水池子，和一些矮小的灌木丛。

初春的早晨，紫色的雾给森林蒙上了轻纱。啄木鸟、松鼠和山鸡还没有开始活动。我和老陈带着猎枪，向那片草地走去。

很明显，我们不是专业的猎人，因为我们没有狗。一个高明的猎人和一条好的狗是分不开的。

我们隐蔽在密生着茅草的土堆后面，这是一个很好的隐蔽地。从我们这里可以清楚地看到任何动物到灌木从那边的小水池饮水。这个小水池，刚好在我们双筒猎枪的射程内。

我们待了将近半个钟头，一个庞大的移动着的影子，从灌木丛后面闪出来。呵，一头好漂亮、好美丽的雌性“罕达罕”！罕达罕是驼鹿的土名。它非常机警地向四周扫了一眼，低下头想要喝水，忽然又好像不大放心似的。它抬起头来，耸起两只耳朵，用鼻子向四围不住地嗅着。

老陈轻轻地对我说：“糟了！它要跑了！”

“它看见我们了吗？”我问。

话未说完，它真的飞也似的跑了。

“它看到我们了吗？”

“它什么也没看见，只是，倒霉得很，风从我们后面吹来，把我们的气味吹到它的鼻子里去了。尤其是你，抽烟的人！”

我们站起来，把枪的保险机推上，失望地回到帐篷里去。

当天下午，我们选了另外一个正对着小池子的地方，搭了一个足以隐蔽两个人的小草棚，预备明天早上再来。

第二天，又是大清早，我们躲在草棚里，希望那只罕达罕不会因为昨天的事情而怕到这儿来饮水。动物是常常有这种脾气的。

不一会儿，我们的担心就多余了。那只罕达罕又是一闪地来到水池边。老陈说："快点！"两支枪就伸出草棚去。

哎哟！我的天！什么鬼叫我们这个茅草棚搭得这么坏！正在这时，茅草棚轰的一声塌了！自然喽，那只罕达罕是不会等候我们放枪的。

从茅草棚钻出来，我们非常生气。我盯住老陈，老陈盯住我，好像都想责骂对方一顿似的，但是盯了半天谁也说不出话来。

天气这么好，太阳已经照红了所有的树梢，森林中发出鸟儿清脆的歌声。在我们面前，是一堆倒塌了的草。唉！同志！回家去吧！

我们实在忍不住笑了。在路上，我们商量回去见到别的同志时，怎么样说得稍微光彩一点。

回到帐篷，正在擦枪的老邢头看见我们垂头丧气走进来，便笑着问："怎么？今天枪又没打响呀？"

我们苦着脸，不知道怎么回答好，老邢头安慰我们说："好同志！不要烦恼了！明天我跟你们出去一趟，看看这只罕达罕是什么神仙，怎么样也要把它打下来。"

第三天，我们选了另外一个地方藏起来。果然，那只罕达罕又来了。这次呀！它一步一看的，警惕性十分高。

老邢头举起枪，忽地站起来，大叫一声："喂！"只见那只罕达罕回过头来。砰的一声，枪已经响了！

我和老陈像猎狗一样冲到罕达罕前面，欢喜得什么似的。

老邢头真是了不得，一枪就打穿了罕达罕的颜面骨。我们像自己打中的一样，连跑带跳地回帐篷报讯。大伙儿一起帮忙把罕达罕抬了回去。

在路上，老邢头对我们说："年轻的小伙子呀！学打猎可不是一件简单的事。对付机灵的和专以逃跑为武器的动物，要用点脑筋。它要跑，你叫住它就是了。你叫它，它会想：'嗯！谁在那儿叫我呀？'可不就完了吗？

不过，我的同志呀！如果碰上老虎，你可千万叫不得。对付老虎，有枪就打，没枪就想办法逃命吧！嗯！这些事情呀，要多学一学。森林是个藏宝的地方，但没有手艺的人，常常会空着手回去的。”